やり直しの世界で
騎士団長と
恋を知る

「好きだ、リオ」

　言葉と共に重なった唇は、直ぐに離れてもう一度重なる。

「好きなんだ、リオ」

　清廉潔白で堅物。女性の秋波にもまったく動じない騎士団団長。

そう噂されているアルベルトの口説き文句は
強烈な威力でリオネルの心を鷲掴みにした。

やり直しの世界で騎士団長と恋を知る

chi-co

24017

角川ルビー文庫

目次

やり直しの世界で騎士団長と恋を知る　五
あとがき　二三〇

口絵・本文イラスト／睦月ムンク

序章

大国、ラーズウェル王国には伝承されている話がある。

まだ国となる前、この地は豊富な水源と豊かな森に囲まれた地でありながら、人が定住することがなかった。それは、この地には獣《けもの》よりもはるかに恐《おそ》ろしい魔力《まりょく》という不思議な力を帯びた獣、魔獣《まじゅう》がいたからだ。魔獣が湧《わ》くその地は魔の森として恐れられ、禁地とされたその一帯に人は足を踏《ふ》み入れることはおろか近づくことさえできなかった。

人間をも食《く》らう魔獣を恐れていた人々。しかし、その中の少数民族のある巫女《みこ》と、数多《あまた》の少数民族をまとめあげていた一大勢力の若き長《おさ》が協力し、禁地を浄化《じょうか》した。やがて二人は愛を育《はぐく》み、子を生《な》して、その子が今のラーズウェル王国の王族の始祖だと言われている。

魔の森はいつしか《聖なる森》と名前を変え、その豊富な実りを人々にもたらしてくれた。

薄暗《うすぐら》い倉庫の中、呟《つぶや》くような自分の声だけが響《ひび》いている。

「……二百九十六、二百九十七、二百九十八、二百九十九……なんだよ、一本足りないじゃないか」

弓矢は三百本が一束と決められているのに、時々こうして数本足りないことがある。これは使用した騎士《きし》たちが大雑把《おおざっぱ》に数えているせいだ。

「管理の文官の仕事だと思っているんだろうな……文官は部品整理だけしているわけじゃないんだぞ」

思わず口から零《こぼ》れてしまう愚痴《ぐち》だが、王城の外れにある武具の予備倉庫に来る者など滅多《めった》にいない。

リオネルは溜《た》め息をついた後、辺りを見回して端数《はすう》の弓矢の束を見つけ、そこから一本引き抜《ぬ》いて三百本の束にした。

地味な作業だ。最初に倉庫整理を教わった時は、面白《おもしろ》くないとも思った。しかし、この面倒《めんどう》なひと手間が必要なことなのだと、ここ数年で少しはわかった気がする。

そもそも、人付き合いが苦手なリオネルにとって、人と滅多に顔を合わせることがないこの職場は、慣れればとても居心地《いごこち》がよい。

「……さてと、今度は資材倉庫だな」

倉庫の鍵《かぎ》を閉めたことを確認《かくにん》し、今度はその隣《となり》の倉庫に足を向けた。

資材倉庫は木材、鋼材、石材などと細かく分かれている。この倉庫にあるのは王城で使用するものなのだが、今現在すべての資材は不足気味だった。それは少し前に起きた王都での大きな事故のせいだ。

「オルコット」

「……っ」

不意に名を呼ばれ、リオネルは持っていた鍵を落としそうになる。誰《だれ》もいないはずだと思い込んでいたせいで不意を衝《つ》かれた。

それでもすぐに鍵を握《にぎ》り直し、口の中で小さく息をつく。振《ふ》り向いた先にいたのは先輩《せんぱい》文官で、その後ろには見知らぬ騎士が二人いた。

「……お疲《つか》れ様です」

頭を下げたリオネルは、そのまま視線を下に向ける。目を合わせないのは失礼なことだが、先輩文官はいつものことだと気にしなかった。

「予備倉庫の鍵を持っているだろう？　騎士の方々が弓矢を取りにいらした」

「……はい」

リオネルは鍵の束の中から先ほど使った予備倉庫の鍵を探し出し、先輩文官に差し出した。普通《ふつう》は武具倉庫に取りに行くはずだろうに、なぜ予備倉庫に来たのだろうか。少し疑問に思ったが、それをわざわざ口に出して尋《たず》ねる気はなかった。あくまで自分は管理をしているだけで、それ以上踏み込むことはしたくない。

「お待たせしました」

　幸い、騎士の案内は先輩文官がしてくれるらしい。リオネルが頭を下げて見送っていると、先輩文官が騎士たちに話しかけているのが聞こえた。

「そういえば、東の市場の大橋の補修工事はかなり進んでいるようですね」

「ああ、市民が大勢参加してくれている」

「あれは大きな事故でしたからね。就任早々のエディントン団長がいらっしゃらなかったら、もっと大きな犠牲《ぎせい》が出たことでしょう」

「ああ、まったく団長がいらっしゃったからこそ、最小限の犠牲で済んだと思う」

どこか誇《ほこ》らしげな騎士の言葉に、リオネルは先ほど頭を過《よぎ》った事故のことを再び思い返した。

それはここ最近王都で起こった事故の中で、一番大きなものだった。東の市場の直《す》ぐ側《そば》に架《か》かっている大橋が崩《くず》れたのだ。

朝市の時間だったので橋を渡《わた》っていた者も多く、子供や女性、老人なども多く川に投げ出され、その場は混乱の渦《うず》になったらしい。

そこに、ちょうど王都を囲うようにある《聖なる森》で訓練をしていた騎士団が駆《か》けつけ、人々の救助にあたった。

新しく就任した団長の指揮のもと、騎士団は果敢《かかん》に川の中に飛び込んで人々を助けた。不幸にも助からなかった者もいたが、あれだけの事故でその数が数人だったというのは奇跡《きせき》だと皆《みな》口を揃《そろ》えて騎士団を称《たた》えた。

その後、事故の原因は橋の老朽化《ろうきゆうか》による部品の腐食《ふしよく》で、管理ができていなかったと文官たちはかなり叱責《しつせき》を受けたのだ、もちろんリオネルも。

反対に、騎士団と新しい団長の人気はうなぎ上りだ。

「……アルベルト・エディントン」

リオネルは小さな声で呟く。

(昔からあいつは目立っていたし……優秀《ゆうしゆう》だ)

同じ歳《とし》なので、幼いころから顔を知っている。成人し、文官と騎士という違《ちが》いはあったが、同じ年に仕官した。

片や、最年少で騎士団長になり、片や倉庫番だ。

「……比べるのが間違《まちが》いだな」

人間は、表に出る者と裏方に回る者と二種類いる。アルベルトは前者で、自分は後者だというだけだ。

男爵家《だんしやく》の四男で、小柄《こがら》で痩《や》せぎす、顔も童顔で幼く見られる。そんな、誰にも期待されない自分ができることは限られていた。

「……早く鋼材の補充《ほじゆう》をしないと」

橋の修復で、かなりの鋼材を使っている。二度と犠牲者《ぎせいしゃ》を出さないためにとかなり頑丈《がんじょう》な造りになっているらしいし、それは当然だとリオネルも思う。

自分ができるのは、資材が不足しないように手配し、管理することだけだ。

「……よし」

気合いを入れなおし、リオネルは資材倉庫の鍵を開ける。最近人の出入りが激しかったので、埃《ほこり》っぽさはない。

「まずは鉄だな」

リオネルは書類に視線を落とした。

第一章

「おはようっ、オルコット」

「……おはようございます」

出勤して事務室に入った途端《とたん》上司に声を掛《か》けられたリオネルは、小さな声で返しながら頭を下げた。元気な挨拶《あいさつ》が常識だという先日着任したばかりの新しい上司は苦手だ。それでも何とか言葉を返したリオネルは、そそくさといつもの倉庫番の文具を手にして部屋を出る。

こういうところを直さないと人付き合いも変わらないと思うものの、どうしても逃《に》げ腰《ごし》になってしまうのは止められない。

『リオ、もう少し人付き合いをよくしないと出世しないぞ』

頭の中に、溜め息交じりの長兄の声が蘇《よみがえ》る。父に続き、既《すで》に役職に就《つ》いている兄は、人付き合いの苦手なリオネルをずっと心配してくれている。子沢山《こだくさん》の貧乏男爵《びんぼうだんしゃく》と陰口《かげぐち》を叩《たた》かれることもあるが、優《やさ》しい家族は大好きだし、有り難《がた》くも思っている。

――それでも、性格はなかなか変えられない。

朝の出仕の人波を避《さ》けて倉庫に急いでいると、前方から一段と賑《にぎ》やかな一行が現れた。ちらりと目線を上げた先に、キラキラとした人物がいる。今や王都で知らない者はいないほどの有名人だ。

思わず姿を隠《かく》そうとしたが、その前に相手がリオネルに気づいてしまった。

「リオ」

響《ひび》きの良い声で名前を呼ばれ、リオネルの足はその場に縫《ぬ》い付けられる。ここで逃げれば顰《ひん》蹙《しゅく》を買うだけだ。

「おはよう、今出勤か？」

「……おはようございます、エディントン団長」

「堅苦《かたくる》しく呼ばないでほしいんだが」

苦笑《くしょう》交じりの笑みまで絵《え》になるその男——アルベルト・エディントンの言葉に、リオネルは咄嗟《とっさ》に男の背後に控《ひか》えている騎士《きし》たちへと視線を向けた。その表情の中に僅《わず》かな驚《おどろ》きが浮《う》かんでいるのを読み取ると、溜《た》め息が出そうになる。こんな地味な文官相手に、尊敬する団長が親し気に話しかけるのが不思議でたまらないのだろう。

（まさか、こんなとこで会うなんて……）

「リオ？」

（だから、愛称《あいしょう》で呼ぶな……っ）

アルベルト・エディントン。

今や王都で飛ぶ鳥を落とす勢いのある人気の新しい騎士団団長の男は、侯爵家《こうしゃく》の三男で、学生時代からその恵《めぐ》まれた容姿と能力で有名だった。普通《ふつう》なら新人騎士として入団する騎士団で、すぐさま分隊長に任命されるという異例の人事だった。

しかし、そこに異論の声はなく、アルベルト自身その卓越《たくえつ》した剣技《けんぎ》と体軀《たいく》、何より強烈《きょうれつ》な求心力でたちまち名をあげ、前団長が病に倒《たお》れた時、満場一致《まんじょういっち》で新しい騎士団団長になった。

二十三歳、歴代で一番若い騎士団団長に、王都だけではなく国中が沸《わ》いた。それは、アルベルトの恵まれた容姿のせいもあるだろう。

高身長に、鍛《きた》え抜《ぬ》かれてはいるもののしなやかな体軀。均整のとれた身体《からだ》に、騎士団の黒い騎士服はよく映えた。

漆黒《しっこく》の髪《かみ》に蜂蜜《はちみつ》色の瞳《ひとみ》が印象的で、その絵姿は王都の女性たちに大人気で出回っていると聞く。

秀《ひい》でた容姿と、それに見合う実績。同じ年に出仕したとはいえ、今や軽々しく声を掛けられる存在ではないのだ。

それなのに、アルベルトはこうしてリオネルに会った時、親し気に声を掛けてくる。団長である男が一人のはずはなく、いつも部下の騎士たちと一緒《いっしょ》なので、こんなふうに奇異《きい》な視線に晒《さら》されるのが煩《わずら》わしくてしかたがなかった。

身分が違えど同じ貴族、幼いころから顔見知りではあったし、同時期に学校に通ったのも事実だ。ただし、何かと目立つアルベルトを避けていたのもまた、事実だった。一人なら、自分が平々凡々《へいへいぼんぼん》な人間だと割り切れても、アルベルトが側《そば》にいると惨《みじ》めに思えてしまうからだ。

(絶対的な能力の差が目に見えるなんて……どんな罰《ばつ》なんだよ)

アルベルトが騎士団団長になってからはいっそう会わないように気を付けているというのに、こんなふうに不意を衝《つ》かれてしまうことがある。どれだけ運がないのだと、今度は本当に溜め息が零《こぼ》れそうになったが、

「おはようございます、オルコット殿《どの》」

「!」

柔《やわ》らかなその声に、思わず背筋が伸《の》びてしまった。

慌《あわ》てて視線を向けると、大柄《おおがら》な騎士たちの中に一際華奢《ひときわきゃしゃ》な存在を見つける。

「お、おはようございます、ファース副団長」

動揺《どうよう》して少し声が震《ふる》えたが、相手はにこりと優《やさ》しく笑んでくれた。

レオノーラ・ファース。

彼女もまた、有名な人物だ。史上最年少で騎士団団長になったアルベルトが指名した、初の女性副団長だからだ。

女性王族の警護などのため、騎士団の中にも女性騎士は数は少ないが存在している。

ただし、彼女たちの主な任務は警護で、実際に前線に立って剣《けん》を構えることはほとんどなかった。

そんな中、レオノーラは幼いころから剣技に優《すぐ》れていると評判で、その人柄にも文句のつけようもない女性だった。それでも、アルベルトが三人の副団長の一人として彼女を任命した時は、口さがない連中から男女の仲を疑われもしたと聞く。しかし、アルベルトは一笑に付し、レオノーラも「エディントン団長は敬愛すべき人」だと堂々と口にしていた。

文官の中でもこの二人の噂《うわさ》はかなり広まっていたので、人付き合いの希薄《きはく》なリオネルの耳にも届いていた。

実際、二人が本当に上司部下というだけの間柄なのか、それとも個人的な関係があるのか、リオネルにわかるはずがなかった。それでも、普段《ふだん》からくだらない噂など気にもしないリオネルにとって、レオノーラに関するその噂はさほど重要ではなく、むしろそれほどアルベルトの懐《ふところ》に入っているのかと興味が湧《わ》いた。

文官と騎士。しかも役職もないリオネルと彼女の接点はほとんどなく、実際にレオノーラと接したのは数回、それも僅かな時間でしかなかったが、対応は丁寧《ていねい》で穏《おだ》やかで、いっそう彼女への興味が膨《ふく》れた。

「いつもお仕事お疲《つか》れ様です」

「い、いえ……」

顔が熱い。

そう――リオネルはレオノーラに好意を持っている。燃えるような恋情《れんじょう》ではないが、他《ほか》の女性には感じない好意を、確かに彼女には抱《いだ》いていた。

女性にしては長身で、リオネルよりも僅かだけ視線が低いくらいだ。艶《つや》やかな金色の髪に、太陽のように輝く金の瞳。騎士服を着ているせいかいっそう華奢に見えるその美しい姿をまじまじと見るのも後ろめたく、リオネルは俯《うつむ》いてしまった。

(な、なにを話せば……)

挨拶を交《か》わすと、その後の会話が続かない。普段相手の話も端《はな》から切って捨てるリオネルは、話題を作るということができないのだ。

「リオを知っているのか?」

ぎこちない沈黙《ちんもく》を破ったのは、リオネルにとってあくまでも第三者でしかないアルベルトだった。

会話(無言の間だったが)に勝手に割り込んできた男に眉《まゆ》を顰《ひそ》めたリオネルだったが、レオノーラはにっこりと笑みを浮かべて答える。

「はい、時々倉庫で」

それだけで、あくまで仕事中の接触《せっしょく》だと理解したのだろう、アルベルトの頬《ほお》に笑みが浮かぶ

のがわかる。どうせモテない男が勝手に親し気にしているのだと思ったに違《ちが》いない。

地位にも名誉《めいよ》にも、そして容姿にまで恵まれているアルベルトには、些細《ささい》な挨拶《あいさつ》を交わすだけで嬉《うれ》しいと思う自分の気持ちなど理解できないだろう。

リオネルは唇《くちびる》を嚙《か》み締《し》め、そのまま頭を下げた。

「仕事中に時間を取らせまして申し訳ありません」

「いや、声を掛《か》けたのはこちらの方だ」

「……」

「リオ」

「団長、そろそろ……」

さらに何事か言い募《つの》ろうとしたアルベルトに、側に控えていた騎士が声を掛ける。毎日決まった時間に決まった仕事を淡々《たんたん》とこなすリオネルとは違い、騎士団の団長ともなれば分刻みで忙《いそが》しいのだろう。

アルベルトもそれに気づいたのか、男らしい眉を顰めて申し訳なさそうに言った。

「すまない、また今度話そう」

「お気をつけて」

頭を下げ、そのままアルベルトを見送る。少し逡巡《しゅんじゅん》した気配がしたが、リオネルが体勢を変えないままでいると、やがて一団は立ち去って行った。

（……彼女に会えただけでも良しとしよう）

平々凡々な自分などには、そのくらいの小さな幸せがちょうどいい。

リオネルはふうっと深く息をつくと、いつもの仕事場である倉庫へと足を向けた。


「おい、聞いたか、エディントン団長が……」

「聞いた聞いた、やはり凄《すご》い人だよなぁ」

今日も王城内を歩いているだけでアルベルトの噂が耳に入る。

王都の街道《かいどう》沿いに出た野盗を捕縛《ほばく》したとか、《聖なる森》の外れに出た獣《けもの》に襲《おそ》われかけた子供を助けたとか。

毎日毎日、よくそれほど話すことがあるなと思うが、それだけアルベルトが期待され、その期待に応《こた》えるような活躍《かつやく》をしているということだ。

「……全部持っている人間なんているんだな……」

幼いころ、自分はもう少し生意気で元気がある子供だったはずだ。いつの間に下ばかり向くようになったのだろうか。

「……」

リオネルはぐっと拳《こぶし》を握《にぎ》り締めた。

特別な存在のアルベルトと比べても虚《むな》しいだけだ。

リオネルは今日も任された武具の予備倉庫へと向かう。

朝も夕方も、在庫の数を数えて書類に記入し、ひと月に一回の在庫整理を行う倉庫番。地味な仕事だと今も思っているが、それでも自分なりに多少の努力はしている。

「あ、誰《だれ》か慌てて戻《もど》したな」

それまで雑多な置き方をしていて、時折怪我《けが》をする者もいたので、矢は取り出す時に怪我をしないよう、矢じりを奥に、羽根を手前に置くように決めた。些細なことだが、そうすることで実際怪我をする者は減ったらしい。

一束だけ反対に置かれていたのを直し、リオネルはその横へと視線を移す。そこには矢じりが欠けた矢が一塊《ひとかたまり》に置かれていた。

「……っしょ」

一本一本は軽くても、束になればやはり重たい。それを抱《かか》えて倉庫を出ると、リオネルは少し離《はな》れた場所にある石造りの建物へと向かった。

近づくにつれ、カンカンと何かを叩《たた》く音が大きく響《ひび》く。開け放たれた扉《とびら》の向こうでは、上半身裸《じょうはんしんはだか》の男たちが十数人は働いていた。

「すみませんっ」

普段は声が小さいと言われるリオネルだが、ここでは腹から声を出さないと聞こえないことを学習している。それでも数回声を掛け、ようやくすぐ側《そば》にいた若い男がこちらを向いてくれた。

「ああ、倉庫番か」

「……お疲れ様です」

ここでは名前を呼ばれることは滅多《めった》にない。最初に訪《おとず》れた時は灰色の制服を見て「文官か」と言われたくらいだ。それから「倉庫番」に変化するまで、少なくない回数ここに足を運んでいる。

「矢の修理です。三十七本、確認《かくにん》してください」

「はいよ」

慣れたように男はリオネルが抱えていた束を受け取り、その本数を確認した。そして、奥へ向かうと手のひら大の木札を持ってきてくれる。そこには書き殴《なぐ》ったように三十七と書かれていた。

「では、よろしくお願いします」

「おう、ご苦労さん」

ここは王城内の物を一手に修理する鍛冶場《かじば》だ。

武器は基本消耗《しょうもう》品で、戦時中は修理などすることなく新しい物を補充《ほじゅう》する。しかし、今は平時で、矢の消耗もできる限り抑《おさ》えるようにと上からのお達しがあった。

それまで、使った騎士《きし》や兵士がそれぞれ鍛冶場へ持って行っていたが、数本の矢を管理するのは難しく、ほぼ適当な本数でのやり取りになっていた。

リオネルは倉庫番を引き継《つ》いだ時状況《じょうきょう》を知り、自身が修理品をまとめて運ぶことで在庫管理をすることにしたのだ。

最初はいちいち三百本の束にすることも、修理品を一か所にまとめることも面倒《めんどう》だと文句を言われ、鍛冶場の者にもその都度本数を確認して預かり札を出すのは手間だと言われたが、リオネルは淡々と決まり事を説明し、それを徹底《てってい》するように頭を下げた。金額にすると僅《わず》かなものだが、それでも消耗品の矢に掛かる経費は少なくなった。

自分のしていることなど、そんな些細なことばかりだ。

鍛冶場から出たリオネルは、軽く服を叩いた。灰色の制服は汚《よご》れも目立たないが、気分的なものだ。

早く倉庫に戻り、次の在庫を確認しなければならない。

歩き出そうとしたリオネルは、聞こえてきた声にビクッと足を止めた。

「リオ」

振《ふ》り向かなくても、その声の主は……いや、「リオ」と自分を呼ぶ者は家族以外一人しかいない。

団長になってから多忙《たぼう》の男に滅多に会わなかったのに、昨日の今日で連続して遭遇《そうぐう》するとは。ついていないと思うものの、このまま無視することなどできるはずもない。

リオネルは溜《た》め息を押し殺しながら振り向いた。

「また会えたな」

目が合うと、凛々《りり》しい目元が笑《え》みに撓《たわ》む。てっきりお付きの騎士たちもいると思っていたが、意外にも男――アルベルトは一人だった。

こんなところにどうしているのか。声に出さなくてもリオネルの疑問がわかったらしく、アルベルトは鍛冶場を振り返った。

「研《と》いでもらっていた剣《けん》を取りに来たんだ」

「……研いで？　ここの鍛冶場で？」

「ああ」

騎士団長が携《たずさ》える剣だ、王都の高名な鍛冶師を抱えているのだと思っていたが、王城内の修理専門の鍛冶場を利用しているとは思わなかった。

目を丸くするリオネルに、アルベルトはくくっと低く笑う。

「ダリオの腕《うで》は良い」

「……ああ」

（あの頑固《がんこ》親父《おやじ》が……？）

預かり札などめんどくさいと、大きな声でがなり立てた髭面《ひげづら》の初老の鍛冶師。どうやらアルベルトはその鍛冶師の腕を見込んでいるらしい。

いかにも職人といった男だが、そこまで腕がいいとは知らなかった。どうしてそんな男が修理専門の鍛冶をやっているのかと疑問に思うが、それを本人に聞くつもりもない。

「……」

すると、アルベルトはリオネルが手にしている預かり札に視線を向けてきた。

「それ、お前が考えたそうだな」

「え？」

「面倒だが、預かった預かっていないともめていた時とは違《ちが》い、確実に修理品が戻ってくるようになったとみんな言っている。それを始めたのがお前だと聞いて、さすがリオだと思った」

なぜか誇《ほこ》らしげに言うアルベルトは、真っすぐにリオネルを見つめてくる。妙《みょう》に恥《は》ずかしくなり、リオネルは視線を彷徨《さまよ》わせた。

今では弓矢だけではなく、他《ほか》の修理品も預ける時に札を書いてもらう。

こんな小さな改革など誰も気にしていない、むしろ面倒だと苦々しく思われているだろうと考えていたのに、知らないところで誉《ほ》められているとは。そして、それを嬉《うれ》しそうにアルベルトが話していることにも動揺《どうよう》した。

「こ、こんなことくらい、誰だって……」

むしろ、細かなことだからかえって誰も考えなかったに過ぎない。

「リオが担当している倉庫はすぐにわかる、配慮《はいりょ》されているからな。そこだけ別の世界だと思える」

「……っ」

誉め言葉がむず痒《がゆ》く、無意識に口元が緩《ゆる》む。

多忙なアルベルトが些細《ささい》なことに気づいてくれたこと、さらにそれがリオネルの手によるものだと当然のように誉めてくれたことが嬉しくないわけじゃない。

にやけそうな顔がばれないように視線を逸《そ》らし、何とか表情を取り繕《つくろ》った後にアルベルトに視線を戻すと、そこにはやけに爽《さわ》やかな笑顔が待ち構えていた。

「だから、次回の調査に同行する文官に、お前を指名しようと思う」

「……は?」


王都を囲むように広がっている《聖なる森》。

深い森だが比較的《ひかくてき》浅い場所には実りがある木が多く、獣《けもの》もあまり強くないので女性や子供でも足を運ぶ者は多かった。

そんな森で、最近大型の獣の目撃談《もくげきだん》があったらしい。まるで古《いにしえ》の魔獣《まじゅう》のように恐ろし気な見た目だという。

目撃したのは一人ではなく、王都民や旅人にもいて、徐々《じょじょ》にその噂《うわさ》は王都全体に広がり、王城へも届くようになった。

《聖なる森》に現れたのは獣か魔獣か。

その調査に騎士団が向かうことになった。《聖なる森》は王家直轄《ちょっかつ》地だからだ。

まだ噂の段階だが、魔獣という強く不思議な力を持つ存在がもしも本当にいたとしたら。

しかも、王都に隣接《りんせつ》している森に、だ。それこそ王都中が相当な混乱に見舞《みま》われるだろう。

「いると思うか？」

「……さあ」

「私はいないと思っていたんだが……ここまで仰々《ぎょうぎょう》しい行軍だと、もしもという可能性を疑ってしまうよ」

声を潜《ひそ》めて言うのは、リオネルと共に今回の調査に同行している先輩《せんぱい》文官だ。

先月結婚《けっこん》したばかりだという彼は、どうして自分がこんな危険な調査に駆《か》り出されたのかと、王城を出発した時からずっと馬車の中で愚痴《ぐち》を零《こぼ》していた。人付き合いの苦手なリオネルの、ごくごく短い返答もまったく構わないみたいだ。

「選ぶのなら、オルコットのように独身者を選ぶものだろう？　どうして私が……」

（いや、俺だってどうして選ばれたのかわからないんだけど）

こういった調査に文官が同行する場合は、ちゃんとそういう部署がある。文官として有能なのはもちろん、自身でも戦うことができる、文武両道の人間が揃《そろ》っているのだ。それが、なぜ今回は単なる倉庫番の自分に声が掛《か》かったのか。

上司の命令に逆らうことはできないが、頭の中はずっと疑問で占《し》められていた。

それに、リオネルは魔獣の存在を疑問に思っている。王都近辺に出現する獣の中に、ダークベアという大型の熊《くま》がいる。おそらく、それを見間違《みまちが》ったのではないだろうか。

そんなことを考えていた時だ。

「団長、ノーマン副団長、最後まで愚痴ってましたよ。どうして副団長の俺じゃなく、団長自ら調査に行くんだって」

「はは、あいつは単に魔獣と戦いたいだけだろう」

「でも、私もノーマン副団長の言葉に同意します。噂通りに魔獣がいるのかわかりませんが、団長自らが出向くなんて……」

馬車の外から聞こえてきた声に、先ほどまでリオネルに愚痴を言っていた文官が蒼褪《あおざ》めて口を噤《つぐ》んだ。外の声がこれだけ聞こえるのなら、先ほどまで己《おのれ》が言っていた文句も外に聞こえていただろうと気づいたらしい。

内心はどうであれ、表向き上司の命令に文句を言うのは懲罰《ちょうばつ》ものだ。

「オ、オルコット」

「……大丈夫《だいじょうぶ》ですよ。エディントン団長は告げ口するような人じゃないです」

部下思いと評判の男だ、部署は違えど多少のことは目こぼししてくれるだろう。それよりも、今の言葉――。

(……あいつ、自分から立候補したのか?)

魔獣が本当にいるかどうかはわからない。万が一魔獣がいたとして、その討伐の先頭にアルベルトが立つというのならばわかる。しかし、いるかいないか、まだ調査の段階で、団長のアルベルト自ら参加するとは、正直考えてもいなかった。

本来なら、先ほど彼の口からも出た人物……副団長の一人、オネスト・ノーマン副団長が今回の調査隊の指揮を執《と》るべきなのではないか。

騎士《きし》団には、団長を支える副団長が三人いる。

一人は武力面で支える、剣豪《けんごう》として名高いオネスト・ノーマン。

一人は知略面で支える、幼いころから神童として名高かったカジミール・グラフトン。

そして、常に団長の側《そば》に仕える腹心として、女性で初めて副団長になったレオノーラ・ファース。

魔獣の存在を調査する今回の部隊なら、剣豪オネスト・ノーマンが率いるものではないだろうか。

（……あいつのことだから、何でもかんでも自分がしようとしているんじゃないか？　……ったく、自分の立場も考えろ）

そんな不敬なことを考えていたからだろうか。

不意に、トントンと馬車の木窓が叩《たた》かれる。大袈裟《おおげさ》なほど肩《かた》が揺《ゆ》れる先輩が見えたが、リオネルは黙《だま》って窓を開けた。

案の定、顔を見せたのはアルベルトだ。馬に乗っているアルベルトの方が目線が少し上で、視線が合うとなぜか男らしい精悍《せいかん》な顔に笑《え》みが浮《う》かんだ。

「リオ、頼《たよ》りにしている」

「え……」

「お前以上に頼りになる文官はいないからな」

「な、なに言って……」

唐突《とうとつ》な誉め言葉に、リオネルは一瞬《いっしゅん》で顔が熱くなる。まさかこんな言葉を掛けられるとは思わなかったからだ。

どう言葉を返せばいいのか。無難に礼を言わないと。いろんな思いが焦《あせ》りとなって、ますます言葉が出てこない。

そして、そんな自分を先輩文官が目を丸くして見ているのがわかる。

情けなくも目が合ったまま、口を開けたり閉めたりしていると、目の前の笑みがさらに深くなったような気がした。

「同行している文官たちは、私たちが必ず守る。だから、安心していただきたい、サンドバリ殿《どの》」

そう言い残し、馬は馬車を抜《ぬ》いていく。

「……お、おい」

「……はい」

「エディントン団長……私の名前を覚えてくださっている……」

感激したように声を振《ふ》り絞《しぼ》り、嚙《か》み締《し》めるように両手を握《にぎ》り締めている先輩文官に、リオネルは溜《た》め息を嚙み殺す。

（人タラシめ……）

これでまた、あの男の信奉者《しんぽう》が増えたと思うと苦々しく思うが、この先グダグダとした愚痴を聞かなくてもよくなったと思えば、少しは感謝してやらないこともないと思えた。

昼過ぎには《聖なる森》に到着《とうちゃく》し、さらに拠点《きょてん》となる中心部の開けた場所にまでやって来た時も、まだ陽《ひ》が落ちる気配はなかった。それほど、王都とこの森の距離《きょり》は近い。

「では、第一部隊と第二部隊は周辺の警戒《けいかい》と調査、第三部隊は野営の準備、第四部隊は夕食の準備だ。文官の皆《みな》さんはそれぞれ仕事を始めてください」

アルベルトの号令に、騎士たちは即座《そくざ》に動き出した。

今回の調査は二泊《はく》三日の予定だ。もちろん、そんな短時間で《聖なる森》のすべての調査が終わるわけがない。もしかしたら、今回は本調査の下準備のようなものかもしれない。

下っ端《ぱ》文官のリオネルには上層部の思惑《おもわく》などわかるはずもなく、早速《さっそく》自分に与《あた》えられた仕事をこなすために、運び出された木箱の中から書類を取り出した。

今回のリオネルの仕事は、調査報告書の作成だ。さすがに矢を一本一本数えるわけにはいかないので、在庫の確認《かくにん》は調査が終わってから王城に戻《もど》っての仕事だと言われている。

キビキビと動く騎士たちから少し離《はな》れ、リオネルは辺りを見回した。

ここは《聖なる森》の、王都からは東にあたる場所だ。森の中には、まるで野営する場所だと言わんばかりに、所々こんなふうに開けた場所がある。その場所は王城も把握《はあく》していて、今回はその中でも近くに小さな泉がある場所が選ばれたらしい。

（本当にいるのか？）

木漏《こも》れ日が揺れ、甘い果実の匂《にお》いさえ漂《ただよ》っているような静かな森。

最近は魔獣《まじゅう》の噂《うわさ》で森の中に入る者も制限されているので、普段《ふだん》なら聞こえてくる子供たちの声もない。

リオネルにとっても慣れ親しんだ森の中で、そんな異変があるとはやはり思えなかった。おそらく、大きく成長した獣《けもの》を見誤ったのではないだろうか。

とにかく、与えられた仕事はきっちりするべく、リオネルは目に映る風景を細かく記録し始めた。

「オルコット、泉の向こう側の確認頼《たの》めるか？」

「はい」

今回の調査隊には、文官は十人ほど随行《ずいこう》している。その中の代表であるヨリック・サンドバリは、先ほどまでのふがいない姿を消して次々と指示を出していた。

「おい、必ず騎士を一人連れていけよ」

「はい」

そう返事はしたものの、辺りを見回しても皆忙《いそが》しそうに動いていて、下っ端の自分の護衛についてこられるような様子ではなかった。

(泉は目の前だし、直《す》ぐに戻ってこられるよな)

人を探す時間よりも、行って帰ってくる時間の方が短いだろう。

そう判断したリオネルは、足早に泉の方へ向かった。

(……いつもの森の様子と、少しだけ……違う？)

ここは深層部に近いが、本来は子供でも入ってこられる場所だ。成人してからは森に来ていないが、リオネルはふと、違和感《いわかん》を肌《はだ》で感じた。

足を止めてぐるりと辺りを見回してみる。青々とした緑に、木々の間から見える空の青。

リオネルにとってはいつもと変わらない風景に見えた。

先ほどの感覚はきっと気のせいだ。

魔獣が現れたというのも勘違《かんちが》いではないかと思いながら踵《きびす》を返したリオネルは、視線に入った光景に既視感《きしかん》を覚えた。

「……ここ……」

ずっと昔、この風景を見た気がする。

森の中など、どこも同じような光景のはずなのに、なぜか今――とても大切な何かを思い出しそうな気がした。

早く戻らなければならない。そう思いながら、リオネルは誘《さそ》われるように森の奥へと足を踏《ふ》み入れる。木々の間を抜け、陽の明かりも少なくなっていくのに不安は過《よぎ》ったが、直ぐ近くに騎士団がいると思うとその不安は薄《うす》れた。

「……あ」

それほど歩いてはいないはずだ。不意に開けたその先に、見上げるほど大きな木があった。

森の奥なので周りの木も大きいが、それは成人男性が三人は手を広げなければ届かないほどの、立派な大木だった。

「凄《すご》い……大きい……」

これほどの大木になるまで、どれほどの時間がかかったのだろう。じんわりとした感動に、リオネルはそっと大木に手を触《ふ》れた。

今回のことがなければ、この大木を見ることはできなかった。

(そう考えたら、選ばれて良かったのかも)

我《われ》ながら現金だなと笑ったリオネルが、野営地に戻ろうと元来た道を振り返った——その時だ。

「!」

グォォォォ
耳障《みみざわ》りな鳴き声に、鼻をつく臭気《しゅうき》。

ギャァァァオゥ
脅威《きょうい》が、そこにいた。

こちらを見る禍々《まがまが》しい赤い目に、裂《さ》けているように見えるほどの大きな口元から覗《のぞ》く牙《きば》と、滴《したた》る涎《よだれ》。目の錯覚《さっかく》かもしれないが、その体を取り巻くようにおどろおどろしい薄紫《うすむらさき》の気が漂っているように見えた。

大型の獣と言われているダークベアの三倍はあろうかと思うほどの見上げる巨体《きょたい》のそれは、明らかにリオネルを標的にしていた。

「ひ……ぁ……」

声が出ない。足も竦《すく》み、一歩も動けなかった。いや、指一本でも動かせば、その瞬間《しゅんかん》あの獣は飛び掛《か》かってきて、リオネルは簡単に捕食《ほしょく》されるだろう。

見開いた目から、涙《なみだ》が溢《あふ》れてきた。こんなところで死ぬ己《おのれ》の運命の惨《みじ》めさ、それ以上の恐怖《きょうふ》で、いっそこのまま心臓が止まってほしいとさえ願った。

震《ふる》える足から力が抜け、カクンとその場に膝《ひざ》を突《つ》くのと、目の前の獣、いや、化け物が飛び掛かってくるのは同時だった。瞬《まばた》きする間に、あの鋭《するど》い牙がこの身体《からだ》に突き刺《さ》さるだろう。明らかな死を意識したリオネルは、風を斬《き》る剣《けん》の光に一瞬気づかなかった。

「リオ！」

必死に自分の名前を呼ぶ声にリオネルが虚《うつ》ろな眼差《まなざ》しを向けた時には、大きな背中が目の前にあった。

「そのまま、大木の裏に回れ。ゆっくり、急ぐな」

低く抑《おさ》えた声で言われ、リオネルは何度か瞬《またた》く。そのたびに頬《ほお》に涙が伝うが、今はそれを拭《ぬぐ》うことも忘れていた。

「大丈夫《だいじょうぶ》、お前は俺が守る。だからリオ、言う通りにしてくれ」

「木の、裏」

「ああ、その木の裏だ。次に合図をした時、その後ろの茂《しげ》みから回って野営地に行け。他《ほか》の団に員に状況《じょうきょう》の説明を頼む」

リオネルに説明しながらも、アルベルトは後ろを振《ふ》り向くことはない。恐《おそ》ろしいほど張り詰《つ》めた緊張感《きんちょうかん》に、リオネルは情けなくも動けなかった。

（どうして……っ）

自分がここにいることがアルベルトの邪魔《じゃま》になることはわかっているのに、逃《に》げることさえできない自分が情けなくてたまらなかった。

しかし、目の前の化け物はそんなリオネルの感情など関係なく、標的をアルベルトに変えて襲《おそ》い掛かっていく。リオネルなら絶対に避《さ》けられない速さの攻撃《こうげき》を、アルベルトは素早《すばや》く剣で弾《はじ》いていた。おそらく、背後にいるリオネルを守るためなのだろう、自ら攻撃はしないままだ。

「リオッ」

「わ、わかってるけどっ」

どうしても身体が動かない。

「団長！」

「……っ」

そこへ走り込んできたのは、思いがけない人物だった。

「ファース、他の団員は？」

剣を片手にアルベルトとリオネルの間に滑《すべ》り込んできたレオノーラは、剣を構えたまま端的《たんてき》に答える。

「わかりません、私は偶然《ぐうぜん》気配を感じて」

「そうか、気配察知が得意だったな」

二人にとっても、目の前の化け物は未知の敵のはずだ。それなのに、交《か》わす言葉は落ち着いていて、焦《あせ》った様子を欠片《かけら》も見せない。

「あれが、魔獣《まじゅう》ですか？」

「おそらく。恐ろしいほどの邪気《じゃき》を纏《まと》っている。未知の力もあるはずだ、油断するな」

「はい」

騎士《きし》団の団長と副団長。就任してまだそれほど経《た》っていないのに、人の上に立つ人物はこうも違《ちが》うのかと、リオネルは言葉にできない敗北感に襲われた。

しかも、自分の前にレオノーラはいるのだ。本当ならリオネル自身が彼女を守りたいのに、それがどんなに愚《おろ》かなことかは嫌《いや》というほど理解している。

（ファース副団長……っ）

リオネルより細い身体で、少しの恐れもなく魔獣に対峙《たいじ》しているレオノーラ。アルベルトに気に入られたからその地位にいるのだと陰《かげ》で言われていたが、実際に戦いの場で見るレオノーラは冷静な判断力と、凛《りん》とした強さを備えていた。

ギャアオオオ

しかし、彼女に見惚《みと》れる余裕《よゆう》もなく、魔獣の巨体の後ろから、一回り小さい個体が現れる。

「もう一匹《いっぴき》っ？」

「私に任せてくださいっ」

二匹になった現状に頭が真っ白になるリオネルとは違い、アルベルトとレオノーラの戦意はまったく衰《おとろ》えはしないらしい。

「オルコット殿《どの》っ、私の前には出ないでくださいっ」

情けないが、武器を持っていないリオネルのできることはレオノーラの邪魔にならないようにすることだけだ。

レオノーラは身軽に魔獣を躱《かわ》しながら、少しでもリオネルのいる場所から遠ざけようとしてくれている。しかし、体格差のせいで力負けするのか、少しずつだがレオノーラが押され始めるのがリオネルにもわかった。

攻撃は防いでいるものの、白い額には汗《あせ》が滲《にじ》んでいる。

魔獣もそれがわかったのか、重い一撃を何度も繰《く》り出し始めた。

「あ、危ないっ」

今は何とか避けられているが、このままではあの鋭い爪《つめ》で彼女の身体が引き裂かれてしまうかもしれない。

そう思ったのと同時に、今までぴくりとも動かなかった足が動いた。

（馬鹿《ばか》だな、俺……）

抵抗《ていこう》する術《すべ》もないのに、何て馬鹿なことをしているんだと冷静な頭の中で思う。だが、今動かなければ一生後悔《こうかい》するとも思った。

「オルコット殿！」

身を捩《よじ》ろうとするレオノーラの前に強引《ごういん》に出た時だ。

「リオ！」

名前を呼ばれたかと思うと、レオノーラと共に横に弾き飛ばされた。反射的に顔を向けた先には、鎧《よろい》が引き裂かれ、利《き》き腕《うで》から血を滴《したた》らせているアルベルトの姿があった。

「ア……ル……」

リオネルにとって、アルベルトは完璧《かんぺき》な男だった。強くて、容姿も整っていて、妬《ねた》ましく思う存在だが、それでも絶対的な強者だった。

そんなアルベルトが怪我《けが》を負った。自分たちの、自分の、せいで。

（お……れが、俺が足手まといなせいで、あいつがあんな怪我をして……っ）

「オルコット殿っ、お怪我をっ」

焦るレオノーラの声で、リオネルは自身も怪我を負ったことを初めて知った。切り裂かれたズボンの腿《もも》の部分から覗く血を見た途端《とたん》、ヒリヒリとした痛みと熱さが同時に襲ってくる。見かけよりも深い傷なのか、手で押さえてもズボンに滲む赤はじわじわと広がっていった。

爪が僅《わず》かに掠《かす》っただけでこれほどの傷を負ったのだ。アルベルトはどれだけの苦痛を感じているのかと、リオネルは涙で潤《うる》む眼差しを向ける。

だが、リオネルが想像していたようには、アルベルトの表情は苦痛に歪《ゆが》んでいなかった。むしろ、恐ろしいほど冷静な眼差しで、二匹の魔獣と対峙している。

「アル！」

思わず、家名ではなく名前を叫《さけ》んでしまった。

情けなく倒《たお》れ込んでいる体勢をどうにかしようと血で汚《よご》れた手を地面に突けば、濡《ぬ》れた感触《かんしょく》に顔が歪んだ。これは――アルベルトの血だ。

息をのむと同時に、唐突《とうとつ》に地面が輝《かがや》き始めた。

「こ……れは？」

陽《ひ》の光とは違う、真っ白なそれは、一瞬にして周りの景色を一変させる。鮮《あざ》やかな緑も、恐ろしい魔獣のおどろおどろしい気配もすべて消し去るかのように、その場を眩《まばゆ》い光が包んだ。

そのありえない光景に、更《さら》なる魔獣の攻撃なのかと、リオネルの身が恐怖と緊張《きんちょう》に竦む。

「リオ！　……ぐぁっっ」

強張《こわば》った身体《からだ》を動かすことができないまま目を瞠《みは》るリオネルの耳に、焦ったようなアルベルトの声と同時に嫌な音が届いた。

「！」

振り向いた先で、アルベルトの動きが止まっていた。

リオネルに向かって手を伸《の》ばしたその腹から、鋭《するど》い爪が生えている。夥《おびただ》しい血が腹から溢《あふ》れ、口からも血を吐《は》き出していた。

どう見ても、アルベルトに死が迫《せま》っていた。

「団長！」

レオノーラの悲痛な叫び声を、魔獣の不気味な唸《うな》り声が消してしまう。

そして。

【次代に繋《つな》いでくれた礼に、そなたの願いを叶《かな》えよう】

唐突に、脳に直接響《ひび》いた声。男でも女でもない、無機質なそれは、何の感情もなく言葉を継《つ》いでいく。

しかし、アルベルトが死ぬかもしれないと焦るリオネルに、その声に反応する余裕などあるはずもなく、ただ一心に血に染まるアルベルトを見続ける。今この時ほど、己《おのれ》の無力さに絶望したことはなかった。

(俺は、見ていることしか……それしかできないのか……っ？)

喉《のど》がカラカラに渇《かわ》くのとは裏腹に、視界は涙《なみだ》で霞《かす》んでいく。

その時だ。

【そなたの願いは】

それは、無力な己が生み出した幻聴《げんちょう》かもしれない。

もしかしたらリオネル自身死に近づいていて、ありもしない声を生み出しているのかもしれない。

「逃《に》げろっ、リオ！」

それでも、アルベルトの背にさらに鋭い爪を突《つ》き立てようと振《ふ》りかぶる魔獣の姿が視界いっぱいに映った瞬間《しゅんかん》、なんでもいいからと縋《すが》る思いで望みを叫んだ。

「この魔獣が現れる前に戻《もど》してくれ！　アルが死ぬ未来を消してくれ！」

アルベルトが死ぬところなど見たくない。

自分を助けてほしいなんて考えもせず、必死にアルベルトの生を願ったリオネルは、さらに眩《まばゆ》くなった光に目を開けていられなくなった。

（くそ……っ）

「頼《たの》む！」

目を閉じている間に、アルベルトが絶命するのが怖《こわ》くて、リオネルは何とか目を開こうとして――

――――――

激しく首を振った次の瞬間、

「呼ばれてるぞ」

「！」

軽く肩《かた》を叩《たた》かれたリオネルは、反射的に目を開いた。

「……え……？」

目の前にはずらりと並んだ騎士《きし》団の団員たちがいて、皆《みな》こちらを、リオネルを見ている。

「リオネル・オルコット、前へ」

（どういう……ことだ？）

今の今まで、森の中にいたはずだった。初めて見た魔獣に襲《おそ》われ、アルベルトが致命的《ちめいてき》な傷を負わされて、あのまま三人とも死を迎《むか》えるとばかり思っていた。

だが、今見える光景は嫌《いや》でも見慣れた場所だ。王城の、広い正広場と呼ばれる場所。

記念式典に使われるそこは、下っ端《ぱ》文官のリオネルにとって裏方で走り回る場所だった。

「ほら、前へ行けよ」

どうしてここにいるのか混乱するが、見知らぬ騎士に背を押されるがまま前へと出る。

一段高い場所に、騎士団の正装をしたアルベルトが立っていた。

「リオネル・オルコット」

普段《ふだん》とは違《ちが》う、厳《おごそ》かな声で名前を呼ばれる。自然と伸ばした背筋に、一筋の冷や汗《あせ》が流れ落ちた。

「は……い」

「本日付で、騎士団副団長就任を命じる」

その言葉に、一瞬《いっしゅん》息が止まりそうになった。

第二章

混乱のまま式典は終わっていて、気づけば騎士団の本部でアルベルトと他《ほか》の二人の副団長に迎えられていた。

「一緒《いっしょ》に働けるのを楽しみにしている」

嬉《うれ》しそうに顔を綻《ほころ》ばせているアルベルト。

「まさか、オルコットが選ばれるとはなあ。とんだ大穴だ」

肩を竦《すく》めて言うのは、オネスト・ノーマン。

「僕は予想していたけどね。団長のオルコット贔屓《びいき》は有名じゃないか」

からかうように笑って言うのは、カジミール・グラフトン。

「個人的な感情だけでリオを選んだわけじゃない。新しい団に必要だと思ったから指名したんだ。よろしくな、リオ」

どこか少年の時の面影《おもかげ》を残した笑顔《えがお》で右手を差し出すアルベルトに、リオネルはただその手を見つめることしかできない。

「リオ？　今日まで黙《だま》っていたことを怒《おこ》っているのか？　だが、前もって知らせていれば、お前は絶対断るだろう？　目立つことが嫌《きら》いだからな。だから、当日の今日まで内密に事を運んだんだが……」

「……」

「リオ、何か言ってくれないか？」

「……今は、オルコットと言うところじゃないですか」

思わず突っ込んでしまったが、オネストとカジミールも違いないと笑っている。

（いや、だからどういうことなんだ？　俺は夢を見ているのか？　それともあの時死んでしまって……）

ゾクリと背筋が震《ふる》え、リオネルは思わず自身の頬《ほお》を抓《つね》ってみた。

「……っ、痛い」

「おい、何を……」

「……夢じゃ、ない？」

「リオ？」

リオネルは呆《あき》れたようにこちらを見る三人に返す言葉が見つからなかった。

「おはようございます、副団長」

「……おはよう」

「おはようございますっ」

「……おはよう」

次々と掛《か》けられる声に、リオネルは引き攣《つ》りそうになる口元を何とか隠《かく》して言葉を返した。

（俺が騎士団の副団長？　……ありえないだろ）


新しい騎士団の団長、アルベルトより、直々に副団長に任命されてから一週間。

リオネルはようやく現状を落ち着いて考えられるようになった。

信じられないことだが……本当にありえない話なのだが、リオネルは文官ではなく騎士として出仕していた。

剣術《けんじゅつ》も乗馬も苦手な自分が騎士になるなんて本当に考えられないのだが、この世界——前に生きていた場所とはまったく違う状況《じょうきょう》なので、もう違う世界としか考えられない——では一通りはこなせるようだ。

それに、前の世界では男爵《だんしゃく》家の四男だったのに、ここではなんと長男になっていた。兄たちはみんな弟で、「兄上、兄上」と慕《した》ってくれている。

文官家系だったはずなのに武官の家系になっていて、皆体格や顔つきまで違うのにかなり戸《と》惑《まど》った。

なにより、まったく期待されていなかった自分が、ここでは長男として兄弟たちに尊敬され、父にも期待されているらしい。それにどうにも違和感があった。

中身はまるで変わっていないのに、その期待は不相応に感じる。

いや、そもそも、あの時、魔獣《まじゅう》に瀕死《ひんし》の重傷を負わされた自分たちは、いったいどうなってしまったのかというのが一番の疑問だ。

死んでしまったのか、それともあれこそが夢で、本当の自分は今ここにいる自分なのか。はっきり断定できないことが不安でたまらなかった。毎日、朝起きるたびにあの魔獣に襲われた時に戻《もど》るのではないかと恐《おそ》れた。

だが、起きて最初に目に映るのは見慣れぬ天井《てんじょう》。騎士団の独身寮《どくしんりょう》の天井だ。

それが続いて、ようやくリオネルは現状を受け入れることにした。受け入れるしかなかった。

重い足取りで執務室《しつむ》に入ると、既《すで》にアルベルトは仕事を始めている。

「……おはようございます」

「おはよう、リ……オルコット」

仕事中は家名で呼ぶようにとしつこく言ったにもかかわらず、相変わらずまず名前を言おうとして慌《あわ》てて言い直すその姿を見るのは何回目だろうか。

なんだか可愛《かわい》い……などと、断じて思っていないが、素《す》のアルベルトを見ることができるのは案外悪くなかった。

そもそも、以前は出仕してもまったく部署が違うので、顔を合わすことも滅多《めった》になかった。いや、リオネルが意識的にアルベルトを避《さ》けていて、むしろアルベルトの方が僅《わず》かな機会を狙《ねら》っているかのように会いに来ていた。

ふと、向こうでも騎士《きし》になっていたら、こんなふうに接することができていたのだろうかと頭を過《よぎ》ったが、直《す》ぐにその考えは打ち消した。少なくとも、向こうの自分は騎士の素養がまったくなかった。

(どちらにしても、今生きているのはこの俺だ)

逃《に》げられない状況だったとはいえ、副団長を拝命してしまったのだ。幸いにも、新しい任務に就《つ》くために、周囲の人間の方が勝手に説明を始めてくれたし、戸惑うリオネルのことも、急な抜擢《ばってき》に緊張《きんちょう》しているのだと思い込んでくれている。

違う世界からやってきたのだと言ったところで、誰《だれ》が信じるだろう。だとすれば、今自分にできるのは、この世界の立ち位置にできるだけ馴染《なじ》んで、周囲に迷惑《めいわく》をかけないように行動することしかない。

それに、もしかしたらこれは人生のやり直しのチャンスかもしれない。臆病《おくびょう》で卑屈《ひくつ》で、自信のなかった自分を変える。そう考えれば、まずは前向きに、精一杯《せいいっぱい》のことをしたかった。

ただ、向こうとこちらの自分のすり合わせがまだできていないので、きっと凄《すご》くゆっくりだとは思うが。

まずは、騎士としてきちんと通用する身体《からだ》にしたい。

思い立ったら、すぐに実践《じっせん》してみることにした。頭の中でグズグズ考えて、結局なかなか動き出すことができなかった前の自分のことを考えれば、それは案外正しいことのように思えた。

まだ新人騎士が来る前の早朝、リオネルは騎士団の訓練場にやってきた。ここは王城のちょうど裏側にあたり、休日の騎士の訓練などにも開放されている場所だ。常に騎士の目があることで、王城の守りにも一役買っている……と、思っている。

「……さてと」

リオネルは騎士服を脱《ぬ》ぐ。下に練習着を着てきたのだ。練習着は釦《ボタン》や紐《ひも》がない頭から被《かぶ》って着るもので、ズボンも身体にピッタリとした細身のものだ。

これを家で着てみた時、自分のあまりに貧弱な身体に情けなくなり、急いで筋肉をつけたいという気持ちにもなった。

「よし」

まずは外周を走る。一周、二周。三周目で足が縺《もつ》れ始めた。

(う、嘘《うそ》だ、ろっ)

いくら何でも体力が無さすぎだ。リオネルは唇《くちびる》を嚙《か》み締《し》め、今にも止まりそうになる足を叱《しっ》咤《た》してかろうじて五周走ることができた。しかし、走り切った途端《とたん》その場に倒《たお》れ込み、仰向《あおむ》けになって激しく呼吸をする。

「はっ、はっ、はっ」

これでは、新人騎士にも劣《おと》る体力だ。


「……はっ、はっ、は……っ」

五日目。十周走っても倒れなくなった。この短期間でずいぶん体力がついたと思う。

「筋、肉、まだ、つかない、けどっ」

来週、街道《かいどう》沿いに出没《しゅつぼつ》しているという盗賊《とうぞく》の討伐《とうばつ》があるらしい。出動するのは第一部隊、指揮はオネスト・ノーマンだ。リオネルは指名されていないが、万が一のためにできる限りの準備はしておきたい。

それに、そろそろ遠駆《とおが》けにも行ってみたい。前の世界とは違《ちが》い、少しは運動神経が良いことを密《ひそ》かに嬉《うれ》しく思っているのだ。

「ふ～っ」

汗《あせ》を拭《ぬぐ》い、懐中《かいちゅう》時計を取り出してみる。まだ執務時間まではもう少し時間がある。

「もう三周……一周、しようかな」

誰に見せることもなく苦笑《くしょう》した時だ。

「オルコット副団長」

「え？」

唐突《とうとつ》に名前を呼ばれて振《ふ》り向くと、そこには三人の騎士たちがいた。まだ真新しい制服は新人騎士特有のものだ。

「おはよう、バランド、エモン、ロンサール」

すると、なぜか大きく目を見開かれた。

「わ、私たちの名前、覚えていらっしゃるんですか？」

「当たり前だろう？」

さすがに各領地に出向している騎士たちの名前まではまだ覚えていないが、王城付きの騎士たちの名前と顔はこの半月でどうにか覚えた。最初は絵姿もないので、名前と顔を一致《いっち》させることに苦労したが、元々覚えは悪くない方だ。

騎士たちは視線を交《か》わしていたが、やがてその中でも一際《ひときわ》体格の良い……エモンが口を開いた。

「あの、数日前から朝走っていらっしゃるのをお見掛《みか》けして……」

「体力作りだ」

「体力作り、ですか？」

「私は元々書類仕事が多かったから、少し身体が鈍《なま》ってしまったんだ。このたび副団長を拝命したのを機に、少し身体を鍛《きた》えようと思ったんだが……朝練の邪魔《じゃま》をしてしまったのなら申し訳ない」

これは、もしも運動している理由を聞かれたら説明をしようと考えていた答えだ。副団長が今更《いまさら》訓練する理由としては弱いかもしれないが、頭から否定されるものでもないだろうと考えた。

そういえば、リオネルが朝走り始めた日から、他《ほか》の騎士たちを見たことがなかった。もしかしたら副団長の自分に遠慮《えんりょ》して、訓練をしたくてもできなかったのかもしれない。

（場所を変えた方がいいか……）

ここは騎士団本部からも近く、騎士以外の目があまりないので良かったのだが、他の騎士たちの迷惑になるのなら考えなければならない。

そこまで考えが至らなかった自身の浅慮《せんりょ》を反省しながら謝罪すると、三人は慌てて否定してきた。

「い、いえっ、邪魔なんてとんでもないですっ」

「あのっ、ご迷惑でなければ私たちも一緒《いっしょ》に訓練してもいいでしょうかっ」

「ぜひお願いします！」

思いがけない提案だった。剣《けん》や弓の訓練ではなく、ごくごく初期の基礎《きそ》運動をしていただけなのに、一緒にしたいと願われるとは。

「もちろん、構わないぞ」

「ありがとうございますっ」

三人揃《そろ》って頭を下げられ、リオネルは思わず笑ってしまう。小柄《こがら》な自分よりも大柄な騎士《きし》たちが、なんだか幼い子供のように見えたのだ。

(そういえば、兄上たちも……)

弟になった兄たちも、長男になったリオネルを全力で慕《した》ってくれている。前の世界で、どちらかと言えばリオネルは文官として有能な兄たちを避けていたのに……。

(あんなふうに甘えていたら……兄上たちとの関係も変わっていたのかもしれないな)

違う立場になって、リオネルの見る風景も違っている。一つ一つそれに気づくたび、前の自分への反省点が積み重なっていった。その多さに挫《くじ》けそうになるものの、少しでも違う自分になりたい。

思いがけない新人騎士の朝練への加入だったが、結果的に言えばそれは三人だけに終わらなかった。

最初の三人から二日後、二人の新人騎士も参加を希望してきた。その翌日には一人、その翌日には五人。

そうこうしている間に、気づけば訓練場の中は朝練に参加する騎士たちで埋《う》まっていた。

「……」

参加の許可を出していたのは数人単位だったので、リオネル自身これほどの人数になっていることに今更ながら気づき、唖然《あぜん》とした。おそらく百人はくだらない。

(いつの間にこんなに増えたんだ……？)

「凄いな」

入り口で立ちすくんでいたリオネルは、背後から聞こえてきた楽し気な声に慌《あわ》てて振り向いた。そこには騎士服姿のオネストが笑いながら立っている。

「お、お疲《つか》れ様です」

「だから、俺に敬語は不要だって言っただろう？」

「あ、はい」

確かに、同じ副団長同士、対等でいようと初めに言われた。だが、伯爵家《はくしゃくけ》の次男で、十歳近く年上のオネストに、どうしても気後《きおく》れしてしまうのだ。

そんなリオネルに対し、意外にも律儀《りちぎ》に訂正《ていせい》した後、オネストは感心したように広い訓練場を見つめた。

「最近、朝練する新人が多いと聞いていたが……どうやらオルコットが原因だったようだな」

「お、私、ですか？　……あ、すみません、もしかして訓練場を占領《せんりょう》してしまっていますか？

一応担当文官には使用目的と時間は申請《しんせい》しているんですが」

焦《あせ》って頭を下げれば、違う違うと打ち消された。

「最近新人の動きが良くなったと思ってな。聞いても言葉を濁《にご》して話してくれなかったんだが……こんな楽しそうな朝練なら、邪魔な上官は来てほしくないんだろう」

言葉だけを聞いていれば、副団長に対して不敬な態度をとったと聞こえる。だが、オネストの機嫌《きげん》は良いようだ。

どういうことなのだろうと首を傾《かし》げるリオネルを、オネストは高い位置から見下ろしてくる。頭一つ以上背が高く、筋骨隆々《りゅうりゅう》な彼の側《そば》にいると、自分がまるで子供に思えた。

「オルコット」

「は、はい」

「団長からお前を副に任命すると打診《だしん》を受けた時、俺は一考するように進言した」

「……」

それは、リオネルが副団長に相応《ふさわ》しくないと彼が考えたからだろう。もっともだと納得《なっとく》できるのに、なんだか凄《すご》く……胸が痛い。

「お前は真面目《まじめ》な奴《やつ》だが、誰《だれ》もが認める功績をあげたことはない。剣技《けんぎ》は平凡《へいぼん》、記憶《きおく》力は良いが知略には長《た》けていない」

「……」

「そんなお前を、最も大切な腹心として側に置くと言われても、はいそうですかと賛成はできなかった」

羅列《られつ》される指摘《してき》はすべてその通りで、リオネルは顔を上げ続けることができなかった。自覚しているつもりでも、面と向かって言われると酷《ひど》く胸が疼《うず》く。

自分ではかなり変わったと思っていたが――あの世界の自分と何ら変わっていないのかもしれなかった。

「その時、あいつ……団長が言ったんだ。『リオは信頼《しんらい》できる人間だ』とな。何事にも俺やカジミールの意見を聞く奴が、これに関してだけは譲《ゆず》らなかった」

言葉が出なかった。まさかアルベルトがそれほど自分のことを信頼してくれているとは考えなかったからだ。

どうして副団長に選ばれたのか。それはリオネル自身不思議でたまらなかった。冷静な判断力を持っているはずのアルベルトが、自分にそれほど執着《しゅうちゃく》する理由もわからなかった。しかし、その理由をアルベルトに直接聞くことも躊躇《ためら》われ、もやもやとした思いはずっと胸の奥で燻《くすぶ》り続けていたのだ。

(俺は……そんなふうに思ってもらえることなんて、何も……)

同期とはいえ、文官と騎士では生活環境《かんきょう》がまったく違《ちが》う。爵位も違い、性格も違って、お互《たが》いを理解する機会なんてあるはずがないのに――。いや、ここでは同じ騎士で、同僚《どうりょう》と言える存在だが……考えれば考えるほどわからない。

前の世界と、この世界。混乱して考えがまとまらない。

「でだ、俺も名前で呼んでいいか？」

「は？　どういった流れでそうなるんですか？」

「前々から、同じ副団長だというのによそよそしいと思っていたんだよ。俺のこともオネストと呼んでくれ、リオネル」

男くさい笑《え》みを向けられ、リオネルはすぐに頷《うなず》けないでいた。それはけして嫌《いや》だからというわけではなく、戸惑《とまど》いが大きかったからだが、それと同時にジワジワとした嬉《うれ》しさも襲《おそ》ってきた。

文官だったころには、親しい同僚などいなかった。もちろん、その原因は相手ばかりではなく、積極的に周りと馴染《なじ》もうとしなかった自分にもあるのだが、よくわからないまま違う立場の自分になって、少しずつでも変わろうと努力した結果がオネストの言葉なら、リオネルにとってとても大きな成果だった。

「よしっ、俺も一汗《ひとあせ》流すかっ」

「え」

おもむろに騎士服の上着を脱《ぬ》いだオネストが、逞《たくま》しい胸筋を張って叫《さけ》んだ。

「模擬《もぎ》戦をしたい奴は手を挙げろ！　朝礼まで付き合うぞ！」

「本当ですかっ、副団長！」

わっと周りから声が上がる。やはり基礎運動だけでは物足りなかったのか、それとも剣豪《けんごう》と名高いオネストと打ち合いたいのか、見る間に人が集まってきた。

アルベルトとは違う人を惹《ひ》きつける魅力《みりょく》を持つオネストが眩《まぶ》しくて、リオネルはそっとその場から離《はな》れた。


騎士団の本部に行くと、既《すで》にアルベルトが書類と向き合っていた。

「おはようございます」

「おはよう」

書類から顔を上げ、アルベルトはリオネルに笑いかける。その顔を見ると、ついさっきオネストから聞いた話が思い出されて、慌てて目を逸《そ》らしてしまった。

「リオ？」

「書類、拝見します」

動揺《どうよう》する気持ちを誤魔化《ごまか》すように、リオネルは書類の束を手にした。それは訓練計画から警備配置、遠征《えんせい》の申請書《しんせいしょ》に、備品の申請書。ありとあらゆる騎士団に関《かか》わるものがあり、その量は相当なものだった。

しかし、それらがすべてアルベルトの決裁を必要としているのかというと、そうでもない。

中には副団長のいずれかがサインしても構わないものもあった。

それに気づいたリオネルは、書類が溜《た》まったころを見計らって手伝うことにしている。強引《ごういん》にでも手を出さないと、案外真面目なこの男はすべて自分で処理しようとするのだ。

(そうでなくても忙《いそが》しいのに……少しは周りに仕事を振《ふ》るようにしろよ)

最優先事項《じこう》の王族の警護以外、多少は手を抜《ぬ》けと言いたい。

それにしても……と、リオネルはアルベルトを盗《ぬす》み見る。

前の世界では、騎士団長という高位にあり、王城に勤める者や民衆から絶大な人気を誇《ほこ》るアルベルトが妬《ねた》ましく、人生の勝ち組だと思っていた。すべて思い通りにいく人生で、望むものも手に入れて――特別な人間というのはこの男のことをいうのだと思っていた。

だが、同じ騎士団で側にいるようになって、騎士団長という立場の難しさや孤独《こどく》を知った。

大勢の騎士たちをまとめ、国の頂点である王を守る。一度の失敗も許されないその任務の重さをたった一人で背負っているアルベルトを、素直《すなお》に凄いと思った。

「こんなに溜めて……予算関係は私に回してくれと言ったでしょう」

「そうだったか？」

「三日前のことも忘れてるんですか」

それでも、引き継《つ》いでいる複雑な思いがあるので、つい厳しい物言いになってしまうが、なぜかアルベルトは嬉《うれ》し気な顔をしてこちらを見た。

「……なんですか」

「リオがいてくれて助かる」

男らしい顔に浮《う》かぶ無邪気《むじゃき》な笑みに、今度こそ顔が熱くなった。

「そ、そんなお世辞良いですからっ」

「世辞じゃないぞ」

「団長っ」

「お前を副団長に任命して本当に良かった。口うるさいが有能で、厳しいが優《やさ》しい」

「……誉《ほ》められている気がしません」

嘘《うそ》だ。飾《かざ》らない賛辞が勿体《もったい》なさすぎて、居たたまれない気持ちに穴があったら入りたいほどだ。

「ただ、一つだけ不満なことがある」

「不満……あるんじゃないですか」

結局、どこかに文句はあるらしい。当たり前だと、むしろどこかホッとしていると、行儀悪《ぎょうぎわる》く机に肘《ひじ》を突《つ》いたアルベルトがニヤリと笑いかけてきた。

「お前を名前で呼ぶのを許してくれない」

「な……っ」

反射的に言い返そうとしたリオネルは、アルベルトと真正面から視線が絡《から》んでしまった。

端整《たんせい》な男らしい容貌《ようぼう》。その口元に湛《たた》えている笑みはいつものものとは違い、どこか色っぽくて……リオネルは一気に顔が熱くなった。

（な、何だよっ、その顔……っ）

綺麗《きれい》な蜂蜜《はちみつ》色の瞳《ひとみ》に、トロリとした色が乗っている。こんなの、朝っぱらから見せる顔じゃないはずだ。

文句を言いたいが、色気が溢《あふ》れすぎなんて言う方が恥《は》ずかしい。

「リオ」

「……っ」

ただ名前を呼ぶというのではなく、艶《つや》を含《ふく》んだ特別な響《ひび》きだ。気のせいだと思うのに、意識してしまう自分がいる。

視線を外そうにも搦《から》めとられたように動かせなくて、無意識のまま手の中の書類を皺《しわ》になるほど強く握《にぎ》り締《し》めた。その時、視界の中に伸《の》びてきた手が映る。

「うわっ」

咄嗟《とっさ》に手を引いた途端《とたん》、書類をその場に落としてしまった。

「す、すみませんっ」

（助かった……っ）

理由はどうあれ、アルベルトから視線を外すことができた。そのことに安堵《あんど》しながら床《ゆか》に散らばる書類を拾っていると、大きな音を立ててドアが開く。

「……何してるんだ？」

つい先ほどまで一緒《いっしょ》に、いや、豪快《ごうかい》に新人騎士《きし》を打ち払《はら》っていたオネストが、だらしなく騎士服を着崩《きくず》した格好で入ってきた。どうやら汗《あせ》を流してきたらしく、まだしっとりと髪《かみ》が濡《ぬ》れている。

「ああ、さっきはありがとな。また参加させてもらうぞ、リオネル」

「……っ」

家名ではなく、名前を呼ぶ。有言実行の彼らしくて、リオネルも気恥《きは》ずかしい思いのまま小さく頷いた。

「……はい、オネスト、副団長」

どうやら、答えは正解だったらしい。オネストは頷き、そのままアルベルトを見て……器用に片眉《かたまゆ》を上げた。

「どうした？　団長」

「……いや」

（……どうしたんだ？）

ついさっきまでは機嫌《きげん》が良さそうだったアルベルトが、眉間《みけん》に皺を刻んで口を引き結んでいる。顔が整っているだけに、そんな表情をされると近寄りがたく見えた。

「予算関係は、私が引き受けますから」

まだ床に落ちていた書類を拾い、手早く仕分けると団長の承認《しょうにん》がいるものは彼の机の上に戻《もど》す。

「失礼します」

そして、そそくさと隣《となり》の自分の部屋に逃《に》げ込んだ。

幕間　オネスト・ノーマン

細い背中がドアの向こうに消えた。

それを何気なく見送ったオネストは、振り返った先の男を見てニヤリと笑う。

「どうした？　団長」

「……何でもない」

明らかに何かあるといった態度だが、さすがにここで己《おのれ》の本心をいうことはないだろう。オネストは年下の上司をニヤニヤと笑って見つめた。

（こんなにわかりやすい奴《やつ》だったかなぁ）

成人してすぐ、新人騎士として入団したアルベルト・エディントン。侯爵《こうしやく》家の三男というそれなりの身分の高さと、飛び抜《ぬ》けて整った容姿、何より抜群《ばつぐん》の求心力で、たちまち騎士団の中枢《ちゆうすう》に入り込んできた。元々、すぐに分隊長に任命されたことからも、上層部の期待の高さはよくわかる。

本人が権力に色気を出すならそれまでの男だと、既《すで》に騎士団の中でそれなりの地位にいたオネストは静観していたが、アルベルトはまるで子供がそのまま大人になったかのように純粋《じゅんすい》で、真っすぐな瞳のまま人の上に立つ立場になった。

オネストから見れば、完璧《かんぺき》で、非の打ちどころのない男。

しかし、そんな男が、ただ一つのことだけでは我が儘《まま》で、盲目《もうもく》になっていた。

リオネル・オルコット。

アルベルトと同じ年に騎士団に入団したその男は、騎士になるには細身で、特に何か秀《ひい》でたものもない、至極平凡《しごくへいぼん》な騎士の一人だった。

名をあげるような手柄《てがら》もなく、剣技《けんぎ》はむしろ下の下。生涯《しょうがい》一騎士以上のものにはならないだろうと思っていた男を副団長に任命したいと打診《だしん》を受けた時、オネストは即座《そくざ》に反対した。

副団長というものは名ばかりの存在ではない。ある時は団長の代わりになり、ある時は団長の盾《たて》になる存在だ。リオネルはとてもその器《うつわ》ではないと断じた。

だが、アルベルトは意見を曲げなかった。

「リオは信頼《しんらい》できる人間です」

「それほど？」

オネストと同席して話を聞いていたカジミール・グラフトンが、少しばかり興味をひかれたのか身を乗り出している。

「……リオは、俺の英雄《えいゆう》なんです」

英雄。それこそ、数々の功績を挙げているアルベルトに付けられた名誉《めいよ》ある敬称《けいしょう》だ。それを、本人はリオネルこそがと言っている。

「腹心にはリオネル・オルコットを指名します。オネスト先輩《せんぱい》、カジミール先輩、どうか御助力《ごじょりょく》をお願いします」

深く頭を下げたアルベルトの姿は、昨日のことのように鮮明《せんめい》に覚えている。

それほどまでに言うならと、リオネルの副団長就任をカジミールと共に後押ししたが、きっとアルベルトが陰《かげ》で力を貸すのだろうと思っていた。

だが、そんな予想とは裏腹に、リオネルはコツコツと自身の足場を自らの力で固めていった。今行われている新人騎士たちの朝練もその一つだ。リオネル自身が早朝から基礎《きそ》運動を黙々《もくもく》と続け、その姿に新人騎士たちが続いた。

今では中堅《ちゅうけん》の騎士たちも交じり、朝練はかなりの人数になっている。

基礎体力もついてきて、平時の訓練での怪我《けが》も減った。今日、オネスト自身朝練に参加してみて、その意欲《いよく》の高さにつられるように身体《からだ》を動かしていた。

「団長も参加したらどうだ？」

「……」

アルベルトが朝練のことを気にしているとわかっていてそう誘《さそ》えば、本人はさらに顔を顰《しか》めて口を引き結ぶ。

「リオネルも……」

「それ」

「ん？」

「いつから名前で呼んでいるんですか」

どうやら、本気で面白《おもしろ》くないと思っているようだ。口調が昔の後輩のものに戻っているのに気づき、オネストはくっと喉《のど》の奥で笑った。

（本当に、リオネルが関《かか》わったら面白い）

アルベルトとリオネルの間に、過去何があったのかオネストは知らない。誰《だれ》に対しても常に平等であろうとしているアルベルトが、なぜかリオネルにだけは特別な感情を向けている。

「さあなあ」

「……」

「本人には許可を貰《もら》ったからいいじゃないか。ほら、仕事仕事」

「……身支度《みじたく》を整えろ、ノーマン副団長」

「はいはい」

「奴らも喜ぶぞ」

それが良いものか、悪いものか。

どちらにせよ、騎士《きし》団の団長となった可愛《かわい》い後輩をからかうネタを手に入れたオネストは、言われた通り騎士服を整えることにした。

第三章

リオネルの朝練は、いつの間にか騎士たちの自主練習の場になっていた。

基礎体力作りだけでなく、それぞれが苦手なものを教え合ったり、鍛《きた》えたりして、意図していなかったが、オネストの言う通り騎士たちの意識向上になったようだ。

「……ふぅ」

リオネル自身、己の体力が目に見えてついた気がして嬉《うれ》しかった。努力も才能の内。そんな言葉を胸の内で嚙《か》み締《し》め、肉刺《まめ》ができた手を握《にぎ》り締めた。

「お疲《つか》れ様です、オルコット副団長」

声を掛《か》けてきたのは、最初に朝練に参加したエモンだ。大きな身体だが性質は素直《すなお》で、リオネルも可愛がるようになっていた。

「お疲れ様」

「どうぞ」

差し出してくれた濡《ぬ》れた手拭《てふ》きを素直に受け取る。無骨なように見えて、結構気が利《き》く男だ。

「ありがとう……は……ぁ……気持ちいい」

汗《あせ》を拭《ぬぐ》い、深い息をつく。本当は水浴びをしたいが、そんな時間がないのも当然わかっていた。こうして綺麗《きれい》な布で肌《はだ》を拭うだけでも気持ちが良かった。

ふと顔を上げると、じっとこちらを見下ろしてくるエモンと目が合った。

リオネルは感謝の意を込めて笑《え》みを向ける。

「ありがとう」

「あ、い、いえっ」

突然我《とつぜんわれ》に返ったように身体をビクンと跳《は》ねさせたエモンは、顔を真っ赤にして頭を下げると早足で立ち去ってしまった。

「……どうしたんだ？」

何か急用でも思い出したのかもしれない。リオネルは首を傾《かし》げたが、深く追及《ついきゅう》しないことにする。

そろそろ朝練の時間も終わりで、そこかしこで同じように汗を拭った騎士たちが騎士服に着《き》替《が》え始めていた。今は男ばかりなので下着姿でも気にならないし、皆鍛《みなきた》えている体軀《たいく》を見られることも厭《いと》わない。

そんな彼らとは違《ちが》い、少々貧弱な体格のリオネルはあまり人前で着替えたりはしなかった。

しかし、いつもより少し遅《おく》れてしまったので、訓練場の陰で素早く着替えることにする。

こういう時、文官の制服は機能的で着やすかったと思う。騎士服は着た姿は目立つし、身体を守るという意味ではしっかりとした作りだが、釦《ボタン》が多くて少し着にくいのだ。シャツを羽織り、上着をきっちり着込んで軽く裾《すそ》を引っ張る。癖《くせ》のある柔《やわ》らかな髪《かみ》を片手でかき上げた時、何人かがこちらを見ているのに気づいた。

「なんだ？」

用があるのかと尋《たず》ねたが、皆慌《あわ》てたように首を横に振《ふ》って着替えを続ける。

（……なんだ？）

内心首を傾げたが、脱《ぬ》いだ服を手に持ち、リオネルは急いで訓練場を出た。

本当はもっと早く切り上げるつもりだったが、ついいつもの習慣で一通りの基礎運動をしてしまった。予定していた時間よりも少しだけ遅れたが、本部に着いて執務室へ直接向かい、そこにあった書類の束を取って自室で処理を始めた。

今、部屋にアルベルトはいない。五日前から街道《かいどう》沿いに出没《しゅつぼつ》しているという野盗の討伐《とうばつ》に行っているからだ。

当初、アルベルトが指揮し、騎士の一部隊が向かうということで決定していた。しかし、その計画書を見たリオネルは、想定している野盗の数に首を傾げてしまった。その数が意外に少なかったからだ。

今回の野盗討伐は、前の世界でもあったことだった。

あのころの自分は騎士団の仕事にそれほど関心はなく、武器の消耗数《しょうもう》の書類の方で覚えていたのだが、それでも相手の数が三十人ほどということはなかった。確か百人近くの大きな盗賊《とうぞく》団で、討伐時は騎士団にも数人の死者と怪我人が出たという記憶《きおく》は残っていた。

もちろん、そのことを正直に話すことはできなかった。だいたい、違う世界の出来事なんですと言っても信じてもらえるはずがない。

それでも黙《だま》っていることもできなくて、リオネルはまずオネストに交渉《こうしょう》した。今回の盗賊団の討伐を、騎士たちの実戦練習にしたらどうかと。

近年、戦《いくさ》もないので、良い意味で緊張感《きんちょうかん》のある実戦ができるのではないかと言えば、彼は直《す》ぐに乗り気になってくれた。

アルベルトにはオネストが説明をしてくれて、当初のほぼ二倍の部隊で討伐に向かったのだ。

昨日、王城に戻《もど》ってきた伝令の報告では、野盗はほぼ百人近くの盗賊団だったらしく、その討伐はかなり激しいものになったようだ。だが、幸いに死者は出なかったと聞いて、リオネルは心の底から安堵《あんど》した。

盗賊団の根城の捜索《そうさく》もし、戻ってくるのは今日の夕方だと、昨日の伝令が報告をしてくれた。

その間、リオネルができることと言えば、アルベルトの机の上に溜《た》まっている書類を少しでも減らすことだ。

「おはよう」

顔を覗《のぞ》かせたのは、リオネルと共に今回は留守番組になったカジミール・グラフトンだ。

「おはようございます」

手を止め、立ち上がって挨拶《あいさつ》を返すと、眼鏡《めがね》の向こうの目元が撓《たわ》むのが見える。

最近、朝練でオネストとはよく顔を合わせるが、カジミールとはあまり関《かか》わることがなかった。国の諜報《ちょうほう》活動にも参加しているカジミールは騎士団本部にいない時も多く、会える時間が限られているのだ。

「団長たち、無事だって？」

「ええ、怪我《けが》人は出たようですが、死者はなく安堵しました」

もしも。もしもリオネルがあちらの世界のことを覚えておらず、今回の騎士団の派遣《はけん》人数にも口を出さなかったら。もしかしたら怪我人だけでなく、死者も出ていたかもしれない。

それが自分の手柄《てがら》だとは思わない。ただ、既《すで》に騎士団の人間はリオネルにとって顔見知り以上の存在になっていて、彼らが不必要に傷つくことは望んでいなかったので、素直に良かったと思えた。

（……でも、向こうでの出来事が、こちらでもあるなんて……）

同じようでいて、どこか違う二つの世界。

リオネルにとって、一番大きな違いだと思えるのは、自分が文官ではなく騎士になっていたことだ。この世界にいたはずのリオネル・オルコットは、いったいどんな思いで騎士になろうと考えたのか、まったく想像できない。

それに併《あわ》せて、家族で長男になっていることも大きな違和感《いわかん》だが、一方で変わっていないこともある。

副団長三人の内、アルベルトが騎士団長だということだ。

オネストとカジミールもそのままだ――と。

「……ファース副団長は……どこだ？」

ふと、声に出して呟《つぶや》いてしまった。

この世界に来て、既にふた月近くは経《た》っている。その間、リオネルはレオノーラの姿を見ていなかった。

本来なら、彼女がいるはずの副団長の一角にリオネルが座っているせいで、彼女の立場も否《いや》応《おう》なく変わっているはずだ。どこで何をしているのか、一度気になるとどうしようもなかった。

「どうした？」

そんなリオネルに、カジミールが怪訝《けげん》そうに声を掛けてくる。リオネルは思い切って尋ねてみた。

「あの、ファース副団長……いえ、レオノーラ・ファースという女性を知りませんか？」

「レオノーラ・ファース？　文官の？」

「え？　文官？」

リオネルは予備倉庫にやってきた。

レオノーラを訪ねて文官棟《とう》に行ったが、彼女は運悪く不在だった。しかし、今のこの勢いがないと会いに行く勇気が持てないと思ったリオネルは、居場所を聞いてここまでやってきたのだ。

「……」

この世界に来て、初めて訪《おとず》れた予備倉庫。それは前の世界とまったく同じ場所に、まったく同じ外観で立っていた。

ここにいると、自分が文官だった時のことを思い出す。地味な自分に相応《ふさわ》しい、王城の片隅《かたすみ》にひっそりと立っている倉庫。懐《なつ》かしいとも、不安とも言い難《がた》い複雑な思いが胸の中に渦巻《うずま》いていると、唐突《とうとつ》に倉庫のドアが開いた。

「あ」

「！」

陽《ひ》に眩《まぶ》しい金色の髪を揺《ゆ》らし、記憶の中にあるよりも柔らかな金の瞳《ひとみ》が真っすぐにリオネルに向けられた。

「お疲《つか》れ様です、オルコット副団長」

「……っ」

彼女の口から《副団長》と言われるとむず痒《がゆ》く、とても申し訳ない思いがこみ上げる。

（本当に……文官になったのか……）

凛々《りり》しい女性騎士の制服ではなく、地味な灰色の文官服に身を包んだ彼女の姿は違和感が強く、リオネルは唇《くちびる》を噛《か》み締《し》めた。

リオネルが強引《ごういん》にこの立場を奪《うば》ったわけではない。それでも、彼女の居場所を奪ったという罪悪感は、その姿を目にしたことでいっそう強くリオネルの良心を疼《うず》かせた。

「どうなさったんですか？　部品の補充《ほじゅう》でしょうか？」

「あ……いや……」

レオノーラに会いに来て、いったいどうしようとしたのか。ここまで勢いで来てしまったリオネルは、落ち着きなく視線を彷徨《さまよ》わせる。しかし、そんなリオネルをレオノーラは落ち着いた笑《え》みを湛《たた》えたまま見ていた。

「そ……の」

「……」

「……弓矢……そう、弓矢の在庫を見ようかと思って」

何とか絞《しぼ》り出した理由はあまりにも稚拙《ちせつ》だったが、レオノーラはそうですかと直ぐにドアを開けてくれた。

「現在、弓矢の在庫は五万近くあります。平時ですので、あまり在庫を持つのは良くないと言われていまして……」

少しだけ苦笑《くしょう》しながら説明してくれるレオノーラは、きちんと在庫の管理をしているようだ。

働く場所が違《ちが》っていても有能なのは変わらないらしい。

その説明を聞きながら、リオネルはどうして自分が騎士になったのだろうと改めて考えてしまう。

違う世界に来てしまったから、立場が違っていてもしかたがない。そんなふうに思っていたが、やはり何か意味があるのではないだろうか。

(今回の、盗賊《とうぞく》団討伐《とうばつ》もそうだ……)

先ほども考えたが、前の世界でも野盗の討伐はあった。ただ、あちらでは重傷者や死者も出ていたが、今回はリオネルの助言で派遣する騎士を増やして被害《ひがい》は最小限に止《とど》まった。考えたらこれは、リオネルが本来そうなるべきことを変えたということではないだろうか。

考えすぎかもしれない。しかし、リオネルがあちらの世界の記憶《きおく》を持っていることで、この世界が良い方に変わるなら——。

(盗賊団の他《ほか》にも、何か……)

リオネルが動くことによって、変わることがあるだろうか。

「あっ」

「オルコット副団長？」

「すまないっ、またっ」

リオネルは踵《きびす》を返し、急いで騎士団の本部に戻った。自室に駆《か》け込み、まだ目を通していない書類を真剣《しんけん》に読む。

（時期的には今頃《いまごろ》のはずだ……っ）

書類は主に騎士団の経理関係のものだが、中には王都民の陳情書《ちんじょうしょ》も交じっている。王都を見回っている騎士に直接相談してきた人々の話をまとめたものだ。

食い逃《に》げに、引ったくり。夫婦喧嘩《ふうふげんか》に、酔《よ》っ払《ぱら》いの暴力。

些細《ささい》なことでもきちんと報告を上げるようにというアルベルトの方針で、その内容は多岐《たき》にわたっていた。

「……あったっ」

その中に、リオネルは探していたものを見つけた。その書類を鷲掴《わしづか》みにし、急いでカジミールの部屋へ向かった。

「グラフトン副団長っ」

「おっと」

ノックもせずにドアを開けると、部屋の長椅子《ながいす》に寝《ね》そべっていたカジミールが慌《あわ》てて起き上がる。

「どうした？」

「これを見てくださいっ」

仕事をサボっていたことを注意するのは後回しだ。リオネルは手にしていた書類を差し出した。

「……橋の揺れが酷《ひど》い？」

それは、東の市場で屋台を出している商売人からの陳情だった。

最近市場の側《そば》に架《か》かる大橋を渡《わた》っていると、揺れがとても酷い。古い橋なので、一度きちんと点検してほしいという内容だ。

「……これが？」

よくある陳情の一つだ。家が古くなったので建て替《か》えたい、井戸《いど》からくみ上げる水の勢いが弱くなったので替えてほしい。王都民一人一人に要望があるのは当然で、それらをすべて叶《かな》えることができないというのもまた、当然のことだ。

「東の大橋の点検は、確か年末に行われたはずだろう？　異常はなかったと聞いているけど」

「でもっ、ここは王都の要所の一つです。違和感《いわかん》があるという訴《うった》えがあれば、確認《かくにん》するのが当然ではないですか？」

「……で？」

「数人で構いません、騎士《きし》を動かす許可をください」

副団長であるリオネルにも部隊を動かす権限はあるが、今は盗賊団の討伐で騎士の数は少ない。そこで、カジミールの許可を得ようと思った。

「ん〜」

カジミールは珍《めずら》しく眉間《みけん》に皺《しわ》を寄せている。無理もない、たった一人の陳情で、数人とはいえ貴重な騎士を動かすのは無駄《むだ》なことだ。

「兵士を向かわせるのは？」

治安維持《いじ》のため、平民から募《つの》った兵士。詰《つ》め所に常駐《じょうちゅう》している彼らは町中の様々な雑事の処理をしてくれている。確かに、まず彼らの力を借りるのが現状一番良い案だろう。あの世界で起こった大きな事故が、本当にこちらでも起きるとは限らず、取り越《こ》し苦労となる可能性だってある。

しかし、一度気になってしまった以上、リオネルはどうしても自身の目で確かめたかった。

（あの時の事故での犠牲者《ぎせいしゃ》は六人……一番若い犠牲者は、六歳の子供だった……）

最小限の犠牲だったと言われているが、もしかしたらその犠牲者も出さなくて済んだ可能性がある。そう考えると、リオネルはじっとしていられなかった。

「……午後から休暇《きゅうか》をいただきます」

「オルコット〜」

「ご助言、ありがとうございました」

こんな言い方をするから、可愛《かわい》げがないのだ。

リオネルは一礼し、足早に部屋を出た。

午後、一人で東の大橋に向かおうとしたリオネルは、厩《うまや》に行って愕然《がくぜん》とした。そこには何頭かの馬がいたものの、いつもリオネルが乗るおとなしい馬がいなかったのだ。

乗馬は、あまり得意ではない。普通《ふつう》に乗るのなら大丈夫《だいじょうぶ》だが、走らせたりするのは苦手だった。それでも、文官だったころから比べればかなり上手になった方だが。

そんなリオネルの事情を厩番も知っているようで、いつもおとなしい馬を用意してくれていた。だから、今日も当然その馬がいると思っていたのだ。

「……グランディアは？」

「……」

「ありがとう、助かる」

リオネルはその気遣《きづか》いある言葉に感謝を込めて言った。

「いえ、俺、暇《ひま》ですから」

「悪いな、夜勤明けだというのに」

「その、グランディアは本日、種付け日でして……」

「た……っ」

リオネルはカッと顔が熱くなる。理由が理由だけに何とも言えない恥《は》ずかしさを感じた。厩番はまったく気にした様子はなく、むしろ残っている馬の中でリオネルが乗れるものはと考えてくれている。

（……乗馬の練習もしないと……）

基礎《きそ》体力もついてきたのだ、やればできるはずだと密《ひそ》かに拳《こぶし》を握《にぎ》っていると、

「オルコット副団長？」

不思議そうに名前を呼ばれて振り向いた。

「エモン？」

そこにいたのは、朝練にいち早く参加した新人の騎士三人組の一人、エモンだった。

彼は東の市場に行くと言ったリオネルに同行を申し出てくれた。そればかりではなく、自身が馬を操《あやつ》り、その後ろにリオネルを乗せてくれたのだ。

「その……すまない。乗馬ができないわけではないんだが……」

「副団長は綺麗《きれい》な姿勢で乗りますよね、憧《あこが》れます」

「……」

どう言い訳をしようとも、新人騎士に相乗りしてもらっている事実は消えない。

王城の門を出る時も、今こうして通っている町中でも、人々の視線を嫌《いや》でも感じる。

自分もエモンも騎士服を着ているので、余計に目立ってしかたがない。

「……んっ」

リオネルは誤魔化《ごまか》すように咳払《せきばら》いをすると、胸元《むなもと》に入れてきた書類の内容を考えた。

（毎年、年末に行われる点検……前回もきちんと行われたと書いてあった……）

東の大橋は王都で一番古い橋だ。市場の規模が大きいので通行量も多く、そのため点検は慎《しん》重《ちょう》に行われたはずだ。

（……いや……）

ふと、何かがリオネルの頭を過《よぎ》った。

この世界に来て、副団長という立場になった時、少しでも情報を得るためにここ数年の王都での事故や事件、警備の記録も読んだ。

「……あ」

「どうしました？」

声を上げたリオネルにエモンが声を掛けてきたが、それに答える余裕《よゆう》はなかった。読んだ記録の中に、東の大橋が関係した事案があったことを思い出したのだ。

「エモン、年末、隣国《りんごく》から特使が来ていたな？」

「ええ、年明けまでいらっしゃいましたよ」

「その特使、年末に東の市場に……」

「え？　ああ、そうです、確か騎士科の生徒は交通整理に駆《か》り出されたんですよ」

「やっぱり……」

大橋の点検日、なぜか隣国の特使の視察が重なった。そもそも、通行量の多い大橋の点検をするには文官や兵士の数も多く必要で、警備面でも安全だと日程を重ねた可能性もある。

しかし、特使が通行するということで、結果的に点検の時間は少なくなったはずだ。陽《ひ》が落ちる前に終わらせるとなると、そこに意識していなくても手抜《てぬ》きがあったかもしれない。

(杭《くい》は橋板の下側や側面にも多いはずだし、目が届かなかったかもしれない)

一度その可能性に辿《たど》り着くと、それが真実かのように思えてきた。

リオネルはエモンの腰《こし》にしがみついていた手に力を入れる。

「急いでくれっ」

事故は早朝起きた。今は昼過ぎで、被害者の救助に尽力《じんりょく》したアルベルトも戻《もど》っていない。

事故はまだ起きないかもしれない。だが、少しずつ前の世界とは違《ちが》う状況《じょうきょう》を目の当《ま》たりにしているので、絶対に大丈夫とは言えなかった。そもそも、事故を未然に防ぐために向かっているのだ。

(早く……っ)

　東の大橋に着いた時、まだ陽は高く、橋を行き来する人でごった返していた。

　騎士服を着て、馬で乗り付けたリオネルたちに不思議そうな視線が向けられるが、気にしている暇はなかった。

「エモン、市場長に橋の通行止めを依頼《いらい》してきてくれっ。俺たち二人では到底《とうてい》止めることなんてできないっ」

「わかりましたっ」

　何も聞かされていないのに、エモンはリオネルの命令を忠実に実行しようとしてくれた。人の往来の多さに馬に乗っていくのは無理だと判断したらしく、身軽に飛び降りて走っていく。

　リオネルも馬から滑《すべ》り降りて、橋の真ん中で叫《さけ》んだ。

「大橋の点検だっ、皆《みな》、通行はしばらく待ってくれ！」

「点検？」

「騎士様だ」

　リオネルの声に人々は当惑《とうわく》している。

「点検は年末に終わっていますよ、騎士様」

「そうですよ、異常はなかったって公表されてます」

リオネルの存在を不審《ふしん》に思っていても、人々は橋を行き来する足を止めることはない。

「頼《たの》む、少しだけ通るのを待ってくれっ」

エモンはまだ戻らない。数えきれない人の波を、リオネルたった一人で止めることなんて不可能だ。

説得する時間さえ勿体《もったい》なく思え、唇《くちびる》を噛《か》み締《し》めたリオネルは橋の欄干《らんかん》部分に移動し、その場に跪《ひざまず》いて橋板の側面に目を凝《こ》らした。一番古い大橋なので、使われている鉄杭は他《ほか》の橋よりも少ない。その分木釘《きくぎ》の数がかなり多かった。風化しているせいで汚《よご》れや錆《さび》もあり、一見して鉄か木か迷う部分もある。

(全部点検するとか……無理だよっ)

己《おのれ》の無力が情けない。一方で、本当に大橋が落ちるのか、漠然《ばくぜん》とした疑問もあった。

その迷いが、カジミールに強く出られなかった理由でもあるが、今はそんなことを言っていられなかった。だいたい、橋が落ちない方が良いに決まっている。この行動が無駄《むだ》になる方がいいのだ。

(俺の自己満足なんだ、やれることをするしかないっ)

腹這《はらば》いになり、一つ一つ鉄杭や木釘を確認《かくにん》していく。コツコツと、地味な作業は元々得意な方だ。

倉庫番だったころの作業を思い出し、なんだか笑《え》みが浮《う》かんでしまった。

「……思い出すな」

エモンはまだ戻ってこない。市場長の説得に時間がかかっているのだろうか。

「ねえ、きしさま」

不意に、幼い声に呼ばれた。顔を上げると、幼い男の子が側《そば》にしゃがみ込んでいる。

「なにしてるの？」

「……安全確認だ」

「あんぜんかくにん？」

「皆が安全に大橋を渡《わた》るために、安全確認をしているんだ。一人だと迷子になる、父上か母上のもとに行きなさい」

「は〜い」

リオネルの言葉は堅苦《かたくる》しくて意味がわからなかっただろうに、男の子は素直《すなお》に立ち上がって駆けだす。

（あ……迷子になるか？）

この人の多さでは、もしかしたら迷子になってしまうかもしれない。両親のもとに送るぐらいの時間はある。そう考えたリオネルが立ち上がろうとした時だ。

ふと、視界に違和感《いわかん》があった。その僅《わず》かな気づきに突《つ》き動かされるようにその場に這いつくばり、半分以上身を乗り出すようにして橋の裏側を覗《のぞ》き込む。

「……あ！」

目に入ったのは、半分ほどが抜《ぬ》けかかっている錆《さ》びた鉄杭。そこからぽたぽたと、数日前に降った雨水が伝い落ちていた。慌《あわ》てて目を凝らせば、鉄杭の周りの木板や木釘《くぎ》が腐っている。

この一本だけではないはずだ。そう案じた通り、見える範囲《はんい》の中の数少ない鉄杭はどれも錆びたり割れたりしていて、木杭に至っては腐って無くなっている箇所《かしょ》もあった。これではとても橋の強度を保てるとは思えない。

これはかなり危険な状態ではないか。

その時、野菜を積んだ大きな荷馬車が通った――と同時に、
ギシ……ッ
不気味な音が聞こえた。

「え……」

同時に、足元が揺《ゆ》れた……気がする。

「橋から離《はな》れろ！」

その瞬間《しゅんかん》、ありったけの大声で叫んだ。さすがに周りにいた人々はぎょっとしたように足を止めたが、他の大多数の人々は歩みを止めない。

「橋が落ちるぞ！　逃《に》げろ！」

「え」

「橋が落ちる？」

意を決し、リオネルは直接的な言葉で叫んだ。これで、間違《まちが》いであったとしても、自分の首一つで済むはずだ。

「きゃーっ」

さすがに橋が落ちるという言葉は強烈《きょうれつ》だったらしく、甲高《かんだか》い女性の悲鳴が周りに伝染し、思いがけなく人々は動き始めた。何がどうなっているのかわからない人々も、つられるように橋から離れていく。

そのことに安堵《あんど》したリオネルの耳に、驚《おどろ》いたようなエモンの声が聞こえた。

「副団長っ？　これって……っ？」

「エモンッ、今橋から音がっ……！」

ガガガッ、ゴゴゴゴ……ッ
今度は、誰《だれ》の耳にも届く音がして、辺りは騒然《そうぜん》となった。

皆《みな》叫《さけ》び声をあげながら、橋の両側へと逃げ出していく。その間にも、ゆっくりと橋は中心部分に向かって折れ始めた。

「助けてーっ」

「逃げろーっ」

リオネルは素早く視線を動かし、逃げ遅《おく》れている者がいないか確かめる。自分の叫び声のせいか、それとも橋が折れていく振動《しんどう》で気づいた者が多かったのか、思った以上に人々の退避《たいひ》は早いようだ。

そのことに安堵したリオネルだったが、

「トーマ！」

悲痛な女性の叫び声にさっと視線を向ければ、橋の中央から少し向こう岸に行った辺りに、小さな影《かげ》が蹲《うずくま》っているのが見えた。先ほど話しかけてきたあの子供が、取り残されていた。

「……っ」

大橋の事故で、一番若い犠牲者《ぎせいしゃ》は六歳――記憶《きおく》の中にある事実が、ガンガンと頭の中を疼《うず》かせてくる。

「副団長！」

エモンの声を背中で聞きながら、リオネルは必死に走った。朝練で鍛《きた》えられたはずの足は、傾《かたむ》く足場に対応しきれないのか嫌《いや》になるほど遅《おそ》い。

「……くそっ」

このままでは、間に合わない。

川の深さ以上に、崩《くず》れる橋の破片が当たれば、それだけで幼い子供の致命傷《ちめいしょう》になってしまう。犠牲者を出さないためにここにいるのに、いったい何をしているのか。

「くそ……っ」

体幹が崩れ、その場に跪いてしまったが、諦《あきら》めたくなくてもう一度立ち上がろうとする。

その横を、何かが駆《か》け抜けた。

「……え……？」

走りながら脱《ぬ》ぎ捨てられたのは見覚えのある外套《がいとう》……そして、上着。

なびく黒髪《くろかみ》と、しなやかに鍛えられた背中がどんどん遠くなっていく。

「……アル！」

「任せろ！」

頼もしい声に、張り詰《つ》めた気持ちが一気に緩《ゆる》んだ。あの男が行くのなら、あの男の子は絶対に大丈夫《だいじょうぶ》だ。

「……うわっ」

その間に、リオネルがいる橋板も大きく傾き、中央に向かって身体《からだ》が滑っていく。

「副団長！」

「来るな！　周辺の安全確認！」

エモンに向かって叫《さけ》ぶと同時に、真ん中でポッキリ折れた橋から投げ出された。

激しい衝撃《しょうげき》と息ができない水の中に一瞬《いっしゅん》混乱してしまったが、直《す》ぐに浮上《ふじょう》してぷはっと息を吐《は》く。

（お、重いっ）

かっちりした騎士服《きし》は、水に濡《ぬ》れると相当な重さになるようだ。そんなことはわかりたくなかったと思いながら、リオネルは必死に周りに目をやる。

川に投げ出された者は少なからずいるようで、口々に助けを求めているのが見えた。そんな彼らを助けている者もいる。

「……どうして？」

少なくない騎士たちが川に飛び込み、投げ出された人々を助けていた。その中に、子供を岸に上げているあの男の姿があって、リオネルは泣き笑いのように顔が歪《ゆが》んだ。

「こんな時に駆けつけるなんて……お前はやっぱり英雄《えいゆう》なんだな……」

盗賊《とうぞく》団の討伐《とうばつ》に行っているはずのアルベルトがここにいる。

それだけで、とてつもない安心感に包まれていた。それはきっと自分だけではなく、他《ほか》の人々も同じだろう。

「副団長っ」

岸から必死に手を伸《の》ばしてくれるエモンに気づき、リオネルは一度川に顔をつけてからフルリと頭を振《ふ》った。泣き顔を見せるわけにはいかない。

「悪いな」

「……おもっ」

水を含んだ騎士服は相当な重さだ。引っ張り上げてくれるエモンの声に少しだけ笑って、ようやく岸に上《ふく》がることができた。

そのころには周りには大勢の王都民と騎士たち、そして兵士がいた。人々は橋の崩落《ほうらく》に呆然《ぼうぜん》としていたり、泣き叫んだりしているが、騎士や兵士たちが手早く対応している。

「副団長、大丈夫ですか？」

「ああ……ありがとう」

ふと見回した視線の先には、先ほど川に投げ出された男の子が母親らしき女性に抱《だ》きしめられているのが見えた。自分では助けることができなかったが、アルベルトはしっかりとあの小さな命を救ってくれた。

今はまだ混乱していて、どのくらいの被害《ひがい》になるのか想像できない。ただ、願わくばあの世界で亡《な》くなってしまった六歳の男の子が、この世界では助かってほしいと思う。

「……」

リオネルは深く息を吐く。

（ありがとう……アルベルト）

第四章

「巷《ちまた》では凄《すご》い噂《うわさ》になっているぜ、さすが《歴代最強の騎士団長様》ってな」

「今回のことは、すべてリオの手柄《てがら》だ」

「オルコット副団長は、《救いの天使様》って聞いたよ」

「……やめてください」

珍《めずら》しく、騎士団長と副団長三人が揃《そろ》った騎士団本部のアルベルトの執務《しつむ》室で、リオネルは情けない声を上げてしまった。

あの大橋の崩落事故から一週間。

現場の大橋の補修工事はすでに始まっていた。いや、結局老朽化《ろうきゅうか》もあって、東の大橋は新設することに決定したらしい。今は小舟《こぶね》で市場と行き来している状態で、半月経《た》てば仮設の橋が架《か》かると聞いた。

リオネルが現状を把握《はあく》したのは、情けなくもたった今だ。川に落ちたことが原因で風邪《かぜ》を引いてしまい、一週間自宅で療養《りょうよう》をしていた。

本当はもっと早く復帰できていたのだが、心配した家族が「完治するまで出仕はなし」と家から出してくれなかったのだ。

騎士になってから家を出ていたらしく、両親の過保護も爆発《ばくはつ》し、なんだか凄《すご》く甘やかされてしまった。気恥《きは》ずかしく思ったものの、この世界の家族と長時間過ごすのは初めてだったので悪い時間ではなかった。

「陛下から労《ねぎら》いのお見舞《みま》いまでいただいて……両親も恐縮《きょうしゅく》していました」

「当たり前だ。今回一人の犠牲者も出さなかったのは、リオが迅速《じんそく》に皆《みな》を避難《ひなん》させたからだ。陛下もそのことをお分かりで、お誉《ほ》めの言葉を述べられたんだろう」

当然と頷《うなず》くアルベルトに、なんだか居たたまれない思いだ。

確かに、あの時リオネルが騒《さわ》いだせいで人々が一斉《いっせい》に逃《に》げ出した。それが結局避難という形になったのだが、それはあくまでも結果論だ。

事故後、担当大臣やらその上の宰相《さいしょう》にまで事情説明という名の聴取《ちょうしゅ》を受けた。彼らはリオネルがなぜあの事故のことを予見したのか、その理由を知りたかったらしい。

現場の調書から、故意の事故ではなく、老朽化による部品の劣化《れっか》のための事故だったということは証明されたが、それにしてもリオネルの行動には不可解なものがあったのだろう。

しかし、当然のことだが、別の世界で起こったことを参考にしたなどとは言えなかった。そんなことを言えば、それこそリオネルがおかしいと思われてしまいかねない。

結局、陳情書《ちんじょう》を見ているうちに気になって、確認《かくにん》のために訪《おとず》れた時に不審《ふしん》な音を聞き、咄嗟《とっさ》に声を上げたと説明した。もちろん、説明は穴だらけだったが、リオネルの行動で怪我人《けがにん》は出たが犠牲者《ぎせいしゃ》はいなかったということで、リオネルはお誉《ほ》めの言葉をいただくことができた。

「それにしても、伝令の零《こぼ》した一言を聞き逃《のが》さなかった団長様は凄いというかなんというか」

オネストが意味ありげな視線を向けたのはアルベルトだ。

「俺もあの時向かっていればなぁ……まったく、真面目《まじめ》なこの身を嘆《なげ》くぜ」

真面目というのは頷けないが、リオネルもアルベルトの野性の勘《かん》というものには内心驚《おどろ》いていた。

(でも、そのおかげで助かったわけだけど……)

あの日、盗賊団の討伐を終えたアルベルトたち騎士団は、盗賊たちの正確な人数や王都到《とう》着《ちゃく》時間を早馬で知らせた。その回答を持ち帰った伝令が、報告の後何気なく言ったらしい。

『オルコット副団長、新人騎士と相乗りしたらしい』

早馬の交代で厩《うまや》に行った伝令が、厩番から聞いたリオネルの情けない事実。

それを同僚《どうりょう》に話していたところをアルベルトが偶然《ぐうぜん》聞いたようだ。

そこから、東の市場に向かったこと、リオネルが珍しく慌《あわ》てていたことまで付け足すと、アルベルトは躊躇《ためら》いなく別行動することを告げた。

初めは数人の騎士だけを連れて行くつもりだったらしいが、思いがけず立候補する者たちが多く、それでも盗賊団の連行という重要任務のことも考えて、討伐隊を半分にして駆《か》けつけたというのが真相のようだ。

あまりにもアルベルトたちが駆けつけてくれた時機が良かったと思ったが、偶然の産物だと知って心から安堵《あんど》した。

今回のことは自分の手柄ではない。アルベルトと、彼と一緒《いっしょ》に駆けつけてくれた騎士たちの手柄だと声を大にして言いたかった。

「体調は？」

感慨《かんがい》に耽《ふけ》っていると、椅子《いす》から立ち上がったアルベルトが顔を覗《のぞ》き込んで訊《たず》ねてきた。思わず鼓動《こどう》が高鳴ったが、誤魔化《ごまか》すように小さく咳払《せきばら》いして答える。

「ゆっくり休ませていただきましたし、大丈夫《だいじょうぶ》です」

「では、行こうか」

「え？」

「厩だ」

「は？」

「オルコット副団長は俺と東の市場の巡警だ」

「はい？」

意味がわからず、リオネルは問うようにオネストを見るが、なぜか笑いながら手を振られる。

その間にアルベルトに腕《うで》を掴《つか》まれ、執務室から連れ出されてしまった。

「東の市場の巡警ってなんのことですか？　不在の間に何か問題が？」

あの後、現地に足を運ぶことができていないので、悪い想像が頭の中を過《よぎ》り、自然と眉間《みけん》に皺《しわ》が寄る。そんなリオネルに、アルベルトは口の端《はし》を上げた。

「新橋工事の警備の下見に付き合え。乗馬の練習がてら、な」

「……っ」

「新人と相乗りするのも悪くはないが、副団長たるもの、馬くらい乗りこなせなくてはな？」

「そ、それは……っ」

厩番はもちろん、町中でもその姿を見られてしまっているので今更《いまさら》かもしれないが、その後大橋の件があったので、皆忘れているだろうと希望的観測をしていた。だが、やはりというか、アルベルトはしっかり覚えていたようだ。

エモンと相乗りした理由など、この男には見透《みす》かされているのだと思うと羞恥《しゅうち》に顔が熱くなる。

「れ、練習しなくたって……」

「いいから、行くぞ」

アルベルトが向かったのは、《聖なる森》だった。

ここまでくれば、さすがに先ほどの言葉が建前だったということがわかった。

遠駆けというには近い、それでもそれなりの距離《きょり》馬を走らせる。やはりグランディアとは相《あい》性《しょう》がいいのか、走ってもそれほど体幹はぶれずに乗っていられた。

「気持ちが良いだろう」

もっと速く走りたいと嘶《いなな》くムーランを宥《なだ》めながら、アルベルトはリオネルが許容できるギリギリを引き出し、隣《となり》を走ってくれる。文句を言いたいが、口を開けば舌を嚙《か》みそうなので、精《せい》一杯睨《いっぱいにら》んでみせたが笑われた。

それでも、頰《ほお》を撫《な》でる風は心地《ここち》好《よ》く、こうして馬を走らせるのも悪くないと思えてきた。苦手だとばかり言わずに、本気で乗馬の訓練をしてもいいかもしれない。

やがて、森の中深くに足を踏《ふ》み入れると、アルベルトは馬の歩みを抑《おさ》えてくれた。そのころにはリオネルも周りを見る余裕《よゆう》が生まれてきた。

「どうだ？　馬も悪くないだろう？」

「別に、乗馬を嫌《きら》いだとは言っていない」

一応そう言い捨てると、アルベルトは笑ってそうかと言った。

こんなふうに軽くいなされると、アルベルトの方が歳上《としうえ》に感じる。それが少しだけ面白《おもしろ》くなくてなにか言い返そうと思ったが、前を行く広い背中を見ていると、あの日、橋の上で、まるで救世主のように駆けつけてくれた姿が重なってしまった。

本当に、あの時はまさかと思った。それと同時に、アルベルトがいれば絶対に大丈夫だと思ってしまった己《おのれ》の気持ちに愕然《がくぜん》とした。己の足で立っているつもりだったが、無意識のうちに甘えていたなんて——どうかしている。

「あ」

そこまで考えて、不意に思い出した。

「どうした？」

振《ふ》り向いたアルベルトに、リオネルは馬上で深く頭を下げた。

「まだ礼を言っていなかった。……アルベルト・エディントン騎士《きし》団長、本当にありがとうございました」

溺《おぼ》れた子供だけでなく、アルベルトは何人も川に投げ出された人々を助けてくれた。的確な指揮を執《と》り、被害《ひがい》を最小限に抑えてくれた。

アルベルトがいなかったらと考えるだけで、手が震《ふる》えてしまいそうだ。

「本当に、感謝しています」

「いや、今回一番の功労者はリオだ。俺はできることをしたまでだ」

「……」

（それが凄《すご》いことなんだけど……）

　それに、リオネルが動けたのは、前の世界の記憶《きおく》があったからだ。どこかズルをしている気分で目を伏《ふ》せると、ふっと笑う気配がした。

「やはり、リオは英雄《えいゆう》だな」

「え？」

「覚えていないか？　六歳の時のことを」

「六歳……？」

　期待を込めた目で見つめられるが、リオネルは内心わけがわからず焦《あせ》っていた。リオネルにとって、この世界での記憶はあの副団長指名の瞬間《しゅんかん》からしかない。それ以前の自分に何があったのか、何を思っていたのか、想像もできなかった。

「……覚えていないのか？　何回か一緒に《聖なる森》に来ただろう？」

　リオネルの反応に覚えていないと悟《さと》ったのか、あからさまに気落ちした表情のアルベルトが話し始める。

「初めての狩《か》りでは、リオが兎《うさぎ》を狩った」

「……」

「一緒に行った俺たちは怖《こわ》がるばかりだったが、お前は違《ちが》った。『命を狩るんだ、真剣《しんけん》に向き合え』って、俺たちを叱《しか》った」

その時のことを懐《なつ》かしむように語るアルベルトの横顔はとても柔《やわ》らかい笑《え》みを浮《う》かべていて、その記憶が彼にとってとても大切なものだとよくわかる。それと同時に、リオネルの頭の中にある光景が浮かんだ。

（そうだ……俺は何度かアルベルトと森へ行った……）

なぜか、今の今まで記憶の中から消えていた、あの日の出来事が――。

ラーズウェル王国の子供たちは、六歳になると《聖なる森》に行けるようになる。

王都からほど近く、それほど強い獣《けもの》がいないので、初めての狩りの練習は森で行われることが多かった。

男爵家《だんしやくけ》の四男であったリオネルも、兄たちと共に森に連れて行かれた。あまり狩りを好まないリオネルは憂鬱《ゆううつ》だったが、同行する者の名前を聞いてさらに気持ちが重くなった。

身分の差を超《こ》えて侯爵家《こうしやくけ》当主と友人関係であった父が、その三男のアルベルトを招いていたのだ。

武家の子であるアルベルトは同じ歳だというのにリオネルより一回り以上も身体《からだ》が大きく、既《すで》に剣術《けんじゅつ》も習っていると聞いた。

「……あれ？」

それほど奥に来たつもりはなかったが、いつの間にか周りの喧騒《けんそう》は消えていた。

辺りを見回し、見つけたのは大人が三人は手を広げないと囲めないほど大きな見たこともない大木だった。幹に幾《いく》つか傷があるのも格好よく、側《そば》には片手で余るほどの大きさの木の実が落ちており、リオネルはいそいそと拾い上げた。

見るからに美味《おい》しそうだが、さすがにここで食べるつもりはない。兄たちに自慢《じまん》しようと上機嫌《きげん》になっていたところに、

「置いて行くなよ」

アルベルトがやってきてしまった。

せっかく見つけた実を分けるのが嫌《いや》で隠そうとした時、背後から獣の唸《うな》り声が聞こえてきた。先ほどまで狙《ねら》っていた兎などの小動物のものではなく、肉食獣《にくしょくじゅう》のそれだ。

「リオ！」

姿を現したのは森狼《もりおおかみ》だ。まだ子供のようだが、リオネルたちにはとても大きく見えた。運が悪いことに、昼休憩中で、たまたま武器を何も持っていなかった二人。アルベルトが咄嗟《とっさ》に落ちていた木の枝を構えるが、森狼は逃《に》げようとしない。

アルベルトは震えていた。もちろん、リオネルもだ。

驚《おどろ》きに固まったリオネルだったが、以前読んだ本に載《の》っていた獣が嫌がるという薬草を茂《しげ》みの中に見つけ、手にしていた木の実を咄嗟に投げ捨てて草をむしり取ると、それを森狼に投げつけた。本来は撃退《げきたい》まではいかず、僅《わず》かな時間足止めできるくらいの効果しかないはずだった

が、まだ子狼だったせいか、驚いて逃げて行ってしまった。

「……今のは……何だったんだ？」

「パナン草だ。森の獣が嫌う匂《にお》いだって本で読んだことがある」

「そう、なんだ……よく覚えていたな」

「……本を読むのは嫌いじゃないから」

森狼を撃退したリオネルを、アルベルトは目を輝《かがや》かせて見つめていた。しかし、リオネルにはせっかく見つけた実を今の出来事のせいで潰《つぶ》してしまったことの方が大事に思えた。せっかくの土産《みやげ》だったのに……そう考えるとそのまま捨てておくことはできなくて、大木の側に埋《う》めることにした。もしかしたら新しい芽が出るかもしれないとふと思ったからだ。

「なにしてるんだ？」

不思議がるアルベルトに、リオネルは大木の幹に走っている傷を指さした。おそらく何かの獣がつけたものだろうが、単純な彼を驚かしてやろうと思った。

「この傷からいつか伝説の魔獣《まじゅう》が出てくるかもしれないだろ。そうすると、この木は倒《たお》れてしまうから、その時のためにも新しい聖樹を植えておかないと」

「聖樹？　この木が？」

「《聖なる森》で一番大きい木だもん、聖樹だよ」

アルベルトは大きく目を見開いた。驚かすことに成功し、満足したリオネルは穴を掘《ほ》る。ど

ちらにしろ、グチャグチャになった実は食べられない。

小さな手で土を掘るリオネルを見て、アルベルトも一緒《いっしょ》に掘り始めた。

「……っ」

薬草をむしり取った時に切ったらしい指先から血が滲《にじ》んでいる。

「大丈夫《だいじょうぶ》か？」

心配そうに訊《き》いてくるアルベルトも、木の枝で傷ついたのか手のひらから血が出ていたが、痛みを漏《も》らさずに手伝ってくれた。


「そんな昔のこと……」

リオネルはまじまじとアルベルトを見つめた。

思い出した記憶は、向こうの世界で経験したことだ。あれから、なぜかアルベルトは剣術に嵌《は》まったらしく、その稽古《けいこ》に打ち込み、子供の遊びの延長だった《聖なる森》での狩りには来ない日も多くなった。

リオネルの方も、身体を動かすよりも読書をしている方が楽しくて自然と足が遠のいてしまい、そうなると身分差もあってアルベルトと会うこともなくなった。

学校に入学した時久々に会ったが、その時のアルベルトにはすでに近寄りがたい……人の上に立つ雰囲気《ふんいき》があって、リオネルからは声を掛《か》けることもなかった。

しかし、これらはあくまでもあちらの世界での出来事のはずだ。目の前の、こちらの世界のアルベルトは知らないはずなのに――。

「リオは、あのころから変わらない」

「え？」

「優《やさ》しくて、強い」

「いや、強いのはお前だろ」

最年少騎士《きし》団長にまでなったアルベルトの方が絶対的に強い。今回の大橋でのことを言うのなら、本当にあれは記憶のおかげでしかなかった。

「……昔から、リオは達観していたな。それが凄く大人で、俺には眩《まぶ》しかった」

大人なんじゃない。努力することを最初から諦《あきら》めていることを誤魔化《ごまか》すために、あれこれ屁《へ》理屈《りくつ》を並べていただけだ。同じ歳の子供の中に、アルベルトという飛び抜《ぬ》けた存在がいたせいで、何をしても敵《かな》うはずがないと思っていた。

（……そんなふうに思うこと自体、おこがましいな……）

少し冷静に振《ふ》り返れば、それだけアルベルトのことを意識していたということだ。なんだか凄く恥《は》ずかしい。

「俺にはない知識と冷静な判断力に憧《あこが》れて、それが切っ掛けで剣術にのめり込んでいった。俺が自信があったのは剣だったし、負けたくないという思いで、今度こそ俺がリオを守るんだと心に決めて……」

何かを懐かしむような眼差《まなざ》しに、リオネルはどうしていいのかわからなくなる。

アルベルトの記憶《きおく》の中のリオネルは、今ここにいる自分とは違《ちが》うのだと、伝えたいのにできない現状が苦しい。

「お前と騎士団に入団できてどれほど嬉《うれ》しかったか……でも、お前はまるで俺のことを見てくれなくて寂《さび》しかった。今、こうして話せて、お前が副団長として側にいてくれることがとても嬉しい」

「……っ」

あまりにも真っすぐなアルベルトの言葉に、リオネルは顔が熱くなってきた。

どうしてアルベルトが自分を副団長に指名したのか、ずっと不思議でしかたがなかった。それが、まさかそんなに幼いころからずっと、こんな自分の存在に気づいて、見ていてくれたなんて思いもしなくて――。

そこまで考えて、リオネルは慌《あわ》てて否定した。アルベルトが語っている《リオネル》は自分ではない。

だが、大きな疑問が生まれた。こちらの世界の自分たちにも、同じような因縁《いんねん》があったのだろうか？

思いもよらぬ、いや、言い換《か》えればあまりにも身近な共通点だ。そのことが、自分がこの世界に導かれた要因だとすれば、もう少し詳《くわ》しく調べてみる必要があるのではないか。

「朝練、頑張《がんば》っているようだな」

そんなことを考えていたリオネルの耳に、アルベルトの穏《おだ》やかな声が届く。朝練のことは報告しているので知っていて当然だが、まさか誉《ほ》められるとは思ってもみなかった。

「あ、ああ、まあ、副団長になってから鍛《きた》えるなんて遅《おそ》いかもしれないけど……」

そもそも、自己満足のために始めたことなので誉められる方が困ってしまう。

リオネルは目を伏《ふ》せて答えるが、アルベルトはいや、と、言葉を続けた。

「そのおかげで皆《みな》の士気も上がっている。本当は、俺も参加したいんだが……そうすると皆にいらぬ緊張《きんちょう》を強《し》いるかもしれないから……」

本当に残念そうに言うアルベルトを見て、リオネルは思い当たることを訊《たず》ねてみる。

「もしかして、オネスト副団長が？」

「……ああ。団長は黙《だま》って見ているだけでいいと言われた」

どうやら、オネストがアルベルトを止めてくれていたようだ。確かに団長まで参加したら、それはもはや騎士団としての訓練の一環《いっかん》となってしまう。あくまでも今、リオネルたちが行っているのは自主練なのだ。

心の中でオネストに感謝していると、アルベルトは珍《めずら》しく視線を彷徨《さまよ》わせた。

「……でも、外での着替《きが》えは止《や》めてほしい」

「は？」

唐突《とうとつ》な言葉の意味がわからず、リオネルは思わず聞き返した。

「今……」

「いや、何でもない」

打ち消されると、それ以上突《つ》っ込んで聞けなくなる。

アルベルトの言葉の意味がわからず内心首を傾《かし》げたリオネルだが、言った本人の表情もどこか戸惑《とまど》っているように見えた。

幕間　カジミール・グラフトン

「リオ、この書類確認《かくにん》してくれ」

「うん。あ、こっちはサインしたから」

「ありがとう」

目の前で交《か》わされる言葉は、一見何の不思議もない業務連絡《れんらく》だ。だが、騎士団団長アルベルト・エディントンの眼差しはとても柔《やわ》らかく、誰《だれ》が見ても相手を信頼《しんらい》しているとわかるものだった。

（……何があったんだろうね～）

盗賊《とうぞく》団の出没《しゅつぼつ》と、東の大橋の崩落《ほうらく》事故。

立て続けに大きな事件があり、騎士団員はもちろん、文官たちも大忙《おおいそが》しの日々を送っている。

その中で一番活躍《かつやく》したのは、歴代最強と言われるアルベルトだ。

アルベルトは入団当初から際立《きわだ》った存在だった。その端整《たんせい》な容姿はもちろんのこと、騎士としての才能もずば抜けていて、将来は必ず上に立つのだろうなとカジミールも思っていた。

予想外に早く、前団長の病気で騎士団の新しい団長となったが、誰一人反対の声を上げる者はいなかったくらいだ。

「カジミール先輩《せんぱい》、副団長をお願いします」

そんなアルベルトから、副団長への打診《だしん》を受けた。煩《わずら》わしいことが嫌《いや》で、今まで昇進《しょうしん》を断ってきたが、優秀《ゆうしゅう》なくせに生真面目《きまじめ》なこの後輩を見捨てることができずに、柄《がら》にもなく引き受けてしまった。それは、堅苦《かたくる》しいことが苦手なオネストも同様のようで、視線が合った時肩《かた》を竦《すく》めて笑い合ったものだ。

武のオネスト、知の自分。残りの、団長の腹心になる騎士は誰なんだろうと考えた。

アルベルトはその圧倒《あっとう》的な求心力で、既《すで》に騎士団のすべてを掌握《しょうあく》していると言っても過言ではない。この男のためなら命を賭《と》しても良いという狂信《きょうしん》的な者も多かった。

だが、腹心になるにはそんな盲目的《もうもくてき》な人物では駄目《だめ》だ。アルベルトの一番身近にいるからこそ、彼に意見ができる、しっかりとした自我を持つ者でないと務まらない。

そんな逸材《いつざい》がいただろうか――そう考えている時にアルベルトが告げた名前。

リオネル・オルコット。

初め、それが誰だかわからなかった。

だが、意外にもオネストはその男を知っていたらしい。詳《くわ》しく話せと詰《つ》め寄ると、今までに一つの論功行賞もなく、目立たない一騎士と言う。

どうしてその男を腹心に据《す》えようとするのか。

最適な人材は見当たらないが、他《ほか》に適任者はいた。オネストとも意見をしたが、アルベルトの意志は変わらなかった。

「それほど？」

「リオは信頼できる人間です」

思わず聞き返すと、意外なほど柔らかい笑《え》みを向けられた。

「……リオは、俺の英雄《えいゆう》なんです。腹心にはリオネル・オルコットを指名します。オネスト先輩、カジミール先輩、どうか御助力《ごじょりょく》をお願いします」

副団長指名は、本人も相当驚《おどろ》いていたようだ。同時に、周りのリオネルを見る目も厳しかった。どんな手を使ってアルベルトに自分を売り込んだのだと、陰口《かげぐち》を叩《たた》く者もいた。

カジミールは騎士たちの不満を把握《はあく》しながら、表立って動くことをしなかった。これくらいのことをさばききれないで、騎士団の副団長など、それもアルベルトに一番近い腹心など務められるわけがないと考えたからだ。

異例の出世を遂《と》げたリオネルは、意外にもその地位に驕《おご》ることはなかった。

これまで目立たなかったのがまるでわざとかと思われるほど積極的に動き、新人騎士と朝練まで始めた。体力面で不安だと思われていることを自覚しているのだろう。

面白《おもしろ》がったオネストが参加していて、こまめにアルベルトに報告している。少しずつでも体力がついていると聞いたアルベルトが、年相応な笑顔になったのには驚いた。

ただ、外でリオネルが着替えていると聞いた時の顔が面白かった。

「……着替え、ですか？」

「おう。あいつ、肌白《はだ》いなぁ。骨格も華奢《きやしや》だし、抱《だ》きしめたら潰《つぶ》れるんじゃないか？」

絶対、オネストはからかっていた。アルベルトの蒼褪《あおざ》めた表情に、密《ひそ》かに笑っているのが大人げない。

「女じゃないが、別の生き物に見えるな～」

「……」

(あ～あ、可哀《かわい》そうに)

リオネルに向けるアルベルトの感情の意味ははっきりとはわからない。それでも、何事にも動じないこの男が、リオネルのことだけには感情を見せてくれる。それが楽しいと、カジミールも密かに思っていた。

そんなふうに、悪い大人の自分とオネストは、アルベルトの青年らしい感情の揺《ゆ》れを楽しんでいたが、ここ最近その楽しみの様相が変わった。それまで、どう見ても一歩引いてアルベルトに接していたリオネルが、明らかに歩み寄っているのだ。

ベタベタしているわけではない。

笑って話しているわけでもない。

それでも、二人の間に漂《ただよ》う雰囲気《ふんいき》が変わった。

（……あの事故の辺りからかな）

東の大橋の事故の後、リオネルは風邪《かぜ》を引いてしばらく休暇《きゅうか》をとった。その後出勤した辺りから、二人の様子が少しずつ変化したように思う。

何があったか気になるところだが、リオネルは絶対に口を割らないだろうし、アルベルトも二人の秘密だとか言いながら教えてくれなそうだ。

オネストも気になるのか、何度か二人に白状させようと誘導《ゆうどう》していたが、悉《ことごと》く失敗して拗《す》ねていた。こちらに当たるのは面倒《めんどう》だから止《や》めてほしい。

あまりしつこくしても警戒《けいかい》が強くなってしまうだけだ。

カジミールは数枚の書類をアルベルトの机の上に置いた。

「これは？」

「最近、王都民の間で噂《うわさ》になっている《謎《なぞ》の声》のこと」

「《謎の声》？」

アルベルトは書類を手に取る。

「最近、《聖なる森》の深層部辺りで、《謎の声》が聞こえるという噂があるようだね。声は獣《けもの》とは違《ちが》って低く、おぞましいものだということだ。まあ、姿を見た者はいないから、あくまでも《謎の声》なんだけど」

「……商人からも話が出ているみたいだな」

最初は、《聖なる森》に狩《か》りに出かけた子供たちから出た噂だったようだ。その子供たちの訴《うった》えが増えたことから、親たちが森に訪《おとず》れ、実際に声を聞いたという。

ただ、親たちの訴えで今度は兵士が調査に行ったが、姿はおろか声も聞かなかったらしい。

だからこそ、いまだ騎士団は動かなかった。

「どう思う？」

アルベルトは難しい顔をしたまま書類から顔を上げる。

「これだけでは判断できないな。今騎士団は手が足りない状況《じょうきょう》だ。噂の段階で動くのは時期尚早《じきしょうそう》だろう」

自分と同じ判断に頷《うなず》いた。気にならないことはないが、まだ動くには早い。

「リオ？　どうした？」

不意に、アルベルトが側《そば》に立つリオネルを見上げていた。つられるように視線を向けると、白い顔が蒼褪めたものになっている。

「どうしたんだ？」

カジミールが問いかけると、リオネルはいえと、掠《かす》れた声を出した。

「……訴えは、これだけですか？」

「今のところは。何？　気になることでもあるのか？」

「……」

リオネルはアルベルトの手から書類を取る。

「……一応、私が確認《かくにん》を取ります」

「おい」

「失礼します」

リオネルは一礼し、足早に執務室《しつむ》から出ていく。後に残されたカジミールたち三人は顔を見合わせた。

「どういうことだ？」

「さあ？」

「わからないな」

あの数枚の嘆願書《たんがん》のどこに引っかかったのか。

まったくわからないまま、しばらく誰《だれ》も動くことができなかった。

第五章

自身の部屋に戻《もど》ったリオネルは、手の中の書類を蒼褪めた顔のまま見つめた。

「まさか……」

まさかと思う一方で、やはりと心のどこかで考えていた。これだけ似たところがある前の世界と今の世界。魔獣《まじゅう》が現れるところまで一緒《いっしょ》だとしても——おかしくはない。

書類には、《謎の声》が聞こえたとされる場所、時間が書いてある。それはどれもバラバラで、特定するのはかなり困難だ。

ただ、まだ実質的な被害《ひがい》はないらしい。誰かが傷つけられた、行方《ゆくえ》不明になったという報告はなかった。そうだとしたら、まだ間に合うかもしれない。

もしかして……前の世界でも、こんなふうに兆《きざ》しがあったかもしれない。その時点で騎士団が動いていれば、あんなことは起きなかったかもしれなかった。

しかし、今ここであの時のことを考えてもしかたがない。今生きているこの世界で、最善のことを考えるのだ。

リオネルは深く息をつく。まずは落ち着いて、これからすべきことを考えよう。

「まず、《聖なる森》に向かって、声が聞こえるかどうかを確かめる」

時間帯がわからないので、休暇の日に朝から行くしかない。そのうえで、声が聞こえなければ別の日にということになるが、それで手遅《ておく》れになったりしないか不安が過《よぎ》った。

ただ、今回は大橋の時のように、簡単に誰かに助力を頼《たの》むことはできない。魔獣相手では、騎士《きし》でも命の危険に晒《さら》されてしまいかねないからだ。

どうしようもない不安の中、リオネルは数日後の休暇日に王都の外に出た。

「……」

座り心地《ごこち》の悪い幌《ほろ》馬車《ばしゃ》の片隅《かたすみ》で、リオネルはだんだんと近づいてくる《聖なる森》を見つめていた。

休暇日なので王城の馬は借りず、隣町《となりまち》まで繋《つな》がっている幌馬車を利用することにした。需要《じゅよう》があるので、途中《とちゅう》《聖なる森》の入り口も乗降口に指定されている。ただし、一日に二本しかないので、絶対に乗り遅《おく》れないようにしなければならなかった。

「《聖なる森》だよ、降りる奴《やつ》はいないかー？」

御者《ぎょしゃ》の言葉に、数人の若者が降りていく。しかし、リオネルはここで降りなかった。

再び動き出した幌馬車の中、リオネルはもう一度今日自分がするべきことを考える。

（次の集落で降りて、聞き取りをして……）

次の集落は王都より《聖なる森》に近く、他国からの旅人が立ち寄ることも多い。そこでなら、もっと多くの証言が得られるのではないかと道中考え直したのだ。

『リオ、大丈夫《だいじょうぶ》か？』

自分では普段《ふだん》通りにしているつもりでも、どこかおかしいところがあったようだ。顔を合わせるたびに、気づかわし気に声を掛《か》けてくれるアルベルトの気持ちが嬉《うれ》しく、それ以上に理由を言えないことが苦しかった。

言えるはずがない、自分はここではない世界から来たなどと。本来、この世界のアルベルトが選んだリオネルではないなんて……言えない。

「……」

襲《おそ》い掛かる不安の中、リオネルは溜《た》め息をついた。

しばらくして集落に着くと、リオネルは早速《さっそく》情報収集を始めた。

集落は小さな宿が一軒《けん》と酒場が二軒、商店も数軒と本当に小さいが、人通りは思った以上に多かった。《聖なる森》が近いのでその恵《めぐ》みもふんだんに取り扱《あつか》っていて、その金額が王都よりも安いからだろう。

「ああ、《謎の声》でしょう？　俺たちも困ってるんですよ」

リオネルは騎士服ではなく、軽装に帯剣《たいけん》しているだけだったが、雰囲気《ふんいき》で平民ではないとわかるらしく、皆《みな》比較的《ひかくてき》丁寧《ていねい》に対応してくれた。

その証言では、例の《謎の声》の噂はかなり広がっているらしい。

「たぶん、半年前から話が出ているんですよ」

半年前、森の奥で獣が食い殺された姿で発見された。その時は、もっと上位の獣が襲ったのだろうと深く考えることはなく、子供たちに気を付けるようにと注意したくらいだったらしい。

しばらくは何も変化がなかったが、ひと月後にまた、獣が殺されているのが発見された。その傷痕《きずあと》が獣のものよりも鋭《するど》く、大きいことから、一部では不安を訴える者もいるようだ。今では子供たちは森の深層部に足を踏《ふ》み入れないようにしているという。

獣が殺される頻度《ひんど》が多くなっていくうちに、《謎の声》の噂が立ち始めたということだ。

「集落でも聞いたって奴がいるんで、少し不気味に思ってるんですよ」

そうは言うが、話している者に恐怖《きょうふ》の色はない。あくまでも噂だと思っているようだ。

「……魔獣……と、いうことはないだろうか？」

試《ため》しに聞いてみても、まさかと打ち消された。

「魔獣はもう何百年も森には出ていないんですよ？　昔、巫女《みこ》様が浄化《じょうか》をしてくださったんだ、この森は守られています」

「でも、獣ではない、何か……かも、しれないんだろう？」

だが、近々騎士団に陳情《ちんじょう》するから大丈夫と言って笑う。

正式な陳情があれば、騎士団は動くかもしれない。しかし、実際に動くまでは時間がかかり、その間に何も起きないとは言えないのだ。

「……長《おさ》の家はどこだろうか？」

「え？　長ですか？」

リオネルは聞いた長の家を訪ね、今すぐ陳情書を書くように告げた。自分は騎士団の人間なので、そのまま直接団長に渡《わた》すからと言うとかなり驚《おどろ》かれたが、早い方が良いと長を急《せ》かした。

（とにかく、とにかく急がないとっ）

陳情書を預かり、集落の馬を一頭借りて王都へ急ぐ。

集落で実際に聞いた話は、《謎《なぞ》の声》という不可思議なものだけではなく、実際に獣《けもの》が殺されているという事実があった。それだけでは騎士団を動かす理由には弱いかもしれないが、民《たみ》を守るという大義名分が騎士団にはある。

リオネルはどんどん大きくなる胸騒《むなさわ》ぎを何とか抑《おさ》えながら王城に向かった。

騎士団本部のアルベルトの執務室《しつむ》に行った時、幸運にも彼は在室していた。

「リオ？」

突然《とつぜん》現れたリオネルに驚いていたが、それでもすぐに立ち上がって側《そば》に来る。

「どうした？　今日は休暇《きゅうか》だったはずだが……」

「団長、これを見てください」

リオネルは胸元《むなもと》に入れていた手紙を取り出してアルベルトに差し出した。長に急いで書いてもらった陳情書だ。

「……」

それに素早《すばや》く視線を走らせたアルベルトは、眉間《みけん》に小さな皺《しわ》を作りながら聞いてきた。

「これはどうしたんだ？」

「長から直接預かってきました。長からの陳情です、部隊を動かす許可をください」

「リオ」

「俺……私が責任者になって動くつもりです。明日、一部隊を連れて……」

「リオ」

少しきつく名前を呼ばれ、リオネルは口を閉《と》ざす。それでもじっとアルベルトを見つめていると、あからさまに大きな溜め息をつかれた。

「これだけでは、まだ本当に魔獣が出たとは確定できない。《謎の声》も含《ふく》めて、まず先遣《せんけん》部隊で調査をして、そのうえで態勢を整える」

「それじゃ遅《おそ》い！」

リオネルはアルベルトの胸倉を両手で摑《つか》んだ。

「のんびりしていたら間に合わないかもしれないんだ！」

「落ち着け、リオ」

落ち着いてなどいられない。魔獣《まじゅう》が現れる時がわからないからこそ、とにかく早く動かなければならないと焦《あせ》った。宥《なだ》めようとしてか、伸《の》びてくるアルベルトの手を振《ふ》り払《はら》おうとしたリオネルだったが、次の瞬間《しゅんかん》、

「……っ」

広い胸に強く抱《だ》きしめられていた。反射的にその胸元を押し返そうとしたが、力強い拘束《こうそく》はまったく解ける様子はない。

しばらく抱きしめられていると、アルベルトの温かさをじんわりと感じた。その時になって初めて、リオネルは自分の身体《からだ》が冷えていたことに気づく。

「……アルッ」

逞《たくま》しい背中にしがみつき、リオネルは押しつぶされそうな不安に叫《さけ》びそうになるのを必死に抑えた。すべて吐《は》き出してしまいたいが、何も知らないアルベルトを引きずり込むことはできない。

何度も深呼吸を繰《く》り返し……どのくらい経《た》っただろうか。

少し落ち着いたリオネルは、続いて襲ってきた猛烈《もうれつ》な恥《は》ずかしさにアルベルトから離《はな》れようとした。しかし、相変わらず抱きしめる腕の力は強い。

そのまま声を掛けられ、幼い子供のように頷《うなず》いた。

「落ち着いたか？」

「……ごめん」

小さな声で謝罪すると、少しだけ身体を離される。それでも腰《こし》にはアルベルトの腕《うで》が回ったまま、じっと目を見つめられた。

「何があった？」

すべてを受け入れてくれる眼差《まなざ》しに縋《すが》りそうになってしまう。しかし、リオネルは一度奥歯を嚙《か》み締《し》め、アルベルトの服から手を離した。

「理由は、言えない」

「……そうか。それなら、今から行くぞ」

「へ？」

唐突《とうとつ》な言葉に目を瞬《またた》かせている間に、アルベルトは外套《がいとう》を羽織り、剣《けん》を携《たずさ》える。

「俺はリオの言葉を信じる。だが、騎士《きし》団の団長として、不確かなことに団員を動かすことはできない。それなら、俺自身の目で確かめるしかないだろう？」

当然のように言うアルベルトに、リオネルは一瞬《いっしゅん》言葉が出なかった。時間がないと焦ってはいたものの、まさかアルベルト本人が手助けしてくれるとは思わなかったからだ。

「い、今から出ても、陽《ひ》が沈《しず》んでしまうからっ」

「それならば集落で泊《と》めてもらえばいい。夜の方が気配を探《さぐ》りやすいしな」

リオネルが戸惑《とまど》っている間に、アルベルトはこの後の行動を決めて動き出す。腕を取られて歩き始めてようやく、リオネルは本当にこれでいいのだろうかと端整《たんせい》な横顔を見上げた。

「団長」

「今日は休暇日だろう？　アルベルトで良い」


結局、アルベルトに強引《ごういん》に引っ張られるようにして、リオネルは再び《聖なる森》へとやってきた。すでに空は赤くなっていて、もう間もなく陽が沈むだろう。

ヒヒンッ
「どうした？」

集落で借りてきた馬が、嫌《いや》がるように嘶《いなな》きながら後ずさる。その様子に、アルベルトが辺りを見回した。

「……特に、異常な様子はないが……」

そう言いながら、ムーランに乗ったまま持ってきたランプに火を付ける。ぼんやりとした明かりが辺りを照らした。

「少し奥に行ってみよう」

「アルベルト」

「大丈夫《だいじょうぶ》だ」

手綱《たづな》を握《にぎ》り、ゆっくり森の中を歩くアルベルトを見失わないよう、リオネルは必死についていった。

昼間とはまるで違《ちが》う森の景色。たとえ《謎の声》の噂《うわさ》がなかったとしても、足を踏《ふ》み入れようとは思わない。リオネルが必死に恐怖《きょうふ》に耐《た》えているのは、またあんな出来事が起こってほしくないからだ。

「……」

前を行くこの男に、死が訪《おとず》れる。そんなのは絶対に駄目《だめ》だ。

(二度と、あんな目に遭《あ》わせない……っ)

「あ……れ？」

「……静かに」

急に、空気が変わったのを肌《はだ》で感じた。素早く辺りを見回したリオネルは、あっと目を見開く。

「木が……」

「……なんだ、これは……」

少し開けた森の奥、目の前の太い大木が二つに裂《さ》けていた。人為的《じんい》なものではないというのは、その裂け口から容易にわかる。雷《かみなり》などの自然現象の可能性もありえたが、周りの木々は倒《たお》れたり焦《こ》げたりしておらず、本当にその大木一本だけが、無残な姿を晒《さら》していた。

リオネルは呆然《ぼうぜん》としたが、アルベルトは素早く馬から下りると裂けた大木に近づいていく。

その姿に我《われ》に返ったリオネルは、自らも急いで馬から下りてアルベルトの腕を掴んだ。

「無防備に近づくな！」

「……この辺り、空気が淀《よど》んでいる……リオ」

しばらく黙《だま》り込んだ後、振り返ったアルベルトは真剣《しんけん》な眼差しだった。

「昔話を覚えているか？　巫女《みこ》と、若い長《おさ》の話」

「今そんな話をしている場合じゃ……」

「その他《ほか》に、王族には代々伝えられている話がある。王と、王太子、そして騎士団の団長しか知らない話だ」

一度目を閉じ、アルベルトは続ける。

「巫女は禁地の浄化《じょうか》を行った……しかし、魔獣の力はあまりに強く、完全に滅《めっ》することはできなかったため、力を封《ふう》じて地中に閉じ込めて、封印《ふういん》を行った。そして、そこには誰《だれ》も掘《ほ》り返さないよう樹木を植え、清らかな気が満たされるよう結界を張った、と」

「……結界？」

「俺も、話でしか知らなかったから、どこかで夢物語だと思っていた。でも、こうしてこの場に立って、淀んだ空気を感じると、あの話は真実だったと思った」

実際、結界がどんなものかはアルベルトも王も知らないらしい。それでも、この大木がそうではないかと直感的に感じたと言った。

「アルベルト……」

「俺の空想かもしれない。だが、このままでは危険だと感じるんだ。すぐに森を立ち入り禁止にして調査した方がいい。明日、王に進言する」

この話が広まっていないのは、好奇心《こうきしん》ではもちろん、悪意を持って故意に結界を壊《こわ》す者が現れないようにするためらしい。

まさか王も、本当に結界があり、それが壊れる可能性があるとは考えもしていないだろうと言われ、リオネルは重大な国家機密をあっさりと教えられた状況《じょうきょう》にただただ困惑《こんわく》するしかなかった。

ただ、もしもこの木が本当に結界だとしたら。こんなふうに裂けてしまっては、その役割も果たすことはできないはずだ。そうなると、遠い過去封印したとされる魔獣《まじゅう》が本当に現れてしまうのだろうか――いや。

（魔獣は……現れる）

いつの間にか陽が暮れていた。呆然としている間に時間が過ぎていたらしい。

このまま夜道を王都まで戻《もど》るのは、魔獣の件やリオネルの乗馬の腕のこともあり、危険だと判断したアルベルトが集落に向かうことにした。

しかし、生憎《あいにく》なことに宿は満室で、長の厚意で空き家を一晩借りることになった。

とても食事が喉《のど》を通らないリオネルとは違い、アルベルトは商店からパンと干し肉を買って食べていた。

「明日、夜明けとともに出発する。寝《ね》ておけよ」

そうは言われたものの、今の状況で眠《ねむ》れるわけがなく、リオネルは借りた毛布にくるまって床《ゆか》で寝るアルベルトをじっと見つめた。本当に寝ているのかどうかはわからないが、無理をしてでも身体《からだ》を休めなければならないのは騎士の基本だ。

リオネルは頭から毛布を被《かぶ》り、膝《ひざ》を抱《かか》えて蹲《うずくま》る姿勢のまま考える。

(禁地の浄化とか、結界とか……わからないことばかりだ……)

昔から言い伝えられてきた建国の物語。それが実際にあったことだとは思っていなかった。その中に出てくる魔獣という存在も、獣《けもの》のことを大袈裟《おおげさ》に言っているとばかり思っていたのは、きっとリオネルだけではないはずだ。

そんな恐《おそ》ろしい存在が、現実に現れた。いや、そもそも、前の世界で魔獣に襲《おそ》われたせいで、この似て非なる世界に来たのだ。こちらの世界でもあの恐ろしい存在が現れたとしてもおかしくはない。

リオネルの頭の中には、あの日のことが鮮《あざ》やかに蘇《よみがえ》っていた。襲ってくる魔獣に対する恐怖が、リオネルの心をどんどん不安にさせていく。

（どうする……どうすればいい……っ）

あの禍々《まがまが》しい存在を、騎士《きし》団で討伐《とうばつ》することはできるのだろうか。騎士たちは強いが、未知の存在に対して、その力がどこまで通用するのかわからない。

リオネルの心には、無残に傷つけられたアルベルトが命を落とすかもしれないと感じたあの時の恐怖と絶望が深く刻まれていた。人間がとても敵《かな》わない巨大な存在。騎士団最強の男が敵わない相手に、どう立ち向かって行けばいいのか。

「起きているのか？」

不意に声を掛《か》けられ、リオネルは大きく肩《かた》を揺《ゆ》らした。寝ているとばかり思っていたアルベルトが身を起こし、隣《となり》に同じように座る。

「……アルベルト……」

情けないほど弱々しく、その名を呼ぶ以上のことができない。渦巻《うずま》く感情に唇《くちびる》を噛《か》み締《し》めていると、突然《とつぜん》肩を抱《だ》き寄せられた。

「一人で考えようとするな、リオ。今回のことはお前のおかげで早く気づいたんだ。俺たちには仲間が多くいる。きっと……」

どうにかなると、アルベルトは言わなかった。そのことが余計に不安で、リオネルは毛布の中で頭《こうべ》を垂れた。そんなリオネルに、アルベルトはさらに言葉を継《つ》ぐ。

「……一つ、聞いていいか？――お前は、何か知っているのか？」

「……っ」

何をと、言われないことが怖《こわ》かった。

一連の自分の行動は、自分で考えてもおかしい。勘《かん》の良いアルベルトなら、そこに何か理由があるのではないかと考えるのは当然だった。

しかし、まさか自分は違う世界からきたのだという荒唐無稽《こうとうむけい》な話を信じてもらえるわけがない。

（でも、もう……あんな思いはしたくない……）

この世界で、アルベルトを死なせたくなかった。血を流し、目から生気を失っていくあの姿を二度も見たくない。

「……」

ゆっくりと顔を上げたリオネルの目に、月明かりでも端整《たんせい》だとわかる綺麗《きれい》な顔が見える。その中の、強い意志を込めた瞳《ひとみ》が、リオネルをじっと見ていた。

（……え？）

大きな手のひらが軽く頰《ほお》を包み、そのまま引き寄せられる。ふにっとした感触《かんしょく》を唇に感じた

が、しばらく何が起こったのか理解できなかった。

一瞬間《いっしゅんかん》をおいて、リオネルは大きく目を瞠《みは》った。その表情を見た男が目を細める。

「ようやく俺を見たな」

「何言ってるんだよっ、お、お前、今なにしたかわかってるのかっ？」

リオネルは頬に添《そ》えられたアルベルトの手を外そうとしたが、強引《ごういん》に向き合った拍子《ひょうし》にもう片方の手も頬を包んでくる。目を逸《そ》らそうにも顔を動かすことができずに、リオネルは咄嗟《とっさ》に目を閉じた。

「リオ」

逃《に》げ出したくてたまらない。だが、アルベルトの身体を押しのける力が出ない。

「今回のことが終わったら、お前の話を聞かせてほしい」

「……」

「そして、俺の話も聞いてほしい」

答えずにいると、再び唇に温かな感触があった。

「少しでも寝ろ。明日は忙《いそが》しくなるぞ」

髪《かみ》を撫《な》でられ、強引に胸《むね》もとに引き寄せられた。少し速い鼓動《こどう》を感じ、アルベルト自身も緊《きん》張《ちょう》していることが伝わってくる。

（ど……して……）

こんな時に、いや、そもそもどうして自分に口づけをしたのか、わけがわからず混乱は続いた。だが、皮肉なことに口づけの衝撃《しょうげき》で、未知の魔獣に対する言いようのない恐れが少しなくなったみたいだ。

「……簡単には許さないからな」

「はは、怖いな」

今はもう何も考えない。

そう決めたリオネルは目を閉じた。

翌朝、目が覚めた時にはアルベルトの姿はなかった。

起きてすぐに顔を合わせなかったことにどこか安堵《あんど》して、それから間もなく、彼が朝食代わりのパンを持ってくるまでに表情筋を鍛《きた》えていたのは内緒《ないしょ》だ。

「行けるか？」

「……お前は騎士団に戻って、俺は先に森の様子を見に……」

「却下《きゃっか》だ。一緒に戻るぞ」

たぶん駄目《だめ》だろうと思っていたので、リオネルはその案を素直《すなお》に取り下げ、ムーランに相乗りして王都に急いだ。

騎士団本部に行くと、夜勤だったオネストが団長執務室《しつむ》の長椅子《ながいす》で眠っていた。

「起きろ」

その身体を乱暴に揺すり、続いてアルベルトはドアを開けて通りかかった騎士を捕《つか》まえる。

「カジミールをすぐに呼んでくれ。それと、朝練に出ている者たちも集合するように。緊急《きんきゅう》だ、急げ」

「はっ」

常にないアルベルトの様子に、騎士は慌《あわ》てて駆《か》けだす。その間に目が覚めたオネストが上半身を起こした。

「二人で朝帰りか？」

「その通りだ。オネスト、魔獣が現れたかもしれない」

「は？」

それまでの笑《え》みを含《ふく》んだ顔が一転し、弾《はじ》けるように立ち上がったオネストは険しい表情でアルベルトを見据《みす》える。

「本当か？　どこだ？　《聖なる森》か？」

オネストのその反応は、まるで以前から予見していたようで、リオネルは思わず目の前の太い手を摑《つか》んだ。

「知っていたんですか？　いつから？」

「……町中で噂《うわさ》を聞いただけだ。あと、商会の見習いが二人、森で行方《ゆくえ》不明になったと届け出が昨日出た。二日前に《聖なる森》に薬草を摘《つ》みに行ってそのまま戻《もど》らないと」

「！」

リオネルは息をのむ。恐《おそ》れていた事態だ。

「アルッ」

「ああ、一刻の猶予《ゆうよ》もないと判断する。オネスト、討伐の準備だ、至急部隊を組んでくれ」

「承知した」

オネストは即座《そくざ》に部屋から出ていく。

残されたリオネルはアルベルトを見た。今、どんな顔をしているのか……こちらを見るアルベルトが目を細め、きつく握《にぎ》り締めたリオネルの手を軽く握った。

「大丈夫《だいじょうぶ》だ、俺がいる」

手はすぐに離《はな》れていく。それが寂《さび》しいと思う間もなく、アルベルトは即座に魔獣《まじゅう》討伐隊を編制した。

《聖なる森》に魔獣が現れたかもしれないのだ。王や宰相《さいしょう》にも内密に話を通したらしい。まだ魔獣自体の目撃《もくげき》証言がないので、王都民に公報することは差し控《ひか》えられたが、森への立ち入りの制限はなされるようだ。

「はあ？　隊長は俺だろうが。お前は後方で待機だ」

討伐《とうばつ》隊の隊長をアルベルトが務めると宣言したが、オネストは盛大《せいだい》にゴネた。

「お前は騎士《きし》団団長だ。万が一のことがあってはならないということはわかっているだろう？」

「それでも、俺が立つべきだと思う。後のことは頼《たの》みます、オネスト先輩《せんぱい》、カジミール先輩《せんぱい》」

「……リオネルはどうする」

「リオは俺と行きます」

オネストがこちらを見る。殺気さえ帯びた鋭《するど》い視線はいつもなら足が竦《すく》むものだが、今のリオネルにとっての恐怖《きょうふ》はアルベルトを失うことだけだ。この男を守るためには、自分が側《そば》にいなければならない。

「はい、行きます」

「おいっ」

「アルベルト……団長は、誰《だれ》からも必要とされる人です。絶対に、私が守ります」

リオネルを救ってくれたのは、あちらの世界のアルベルトだ。だが、こちらの彼は、リオネルを見つけてくれた。目立たない自分を引き上げて、副団長に指名してくれた。

どちらのアルベルトも、自分にとって大切な存在だ。

「……守ります」

リオネルはオネストの視線から目を逸らさなかった。

魔獣討伐隊は百五十人編制で、三つの部隊に分けられた。アルベルト、リオネル、そして結局意志を曲げなかったオネストがそれぞれ指揮を執《と》ることになった。

仰々《ぎょうぎょう》しい騎士団の行軍に、王都の人々は不安げな視線を向けてくる。それを宥《なだ》める言葉は今は言えず、リオネルは口を引き結んでアルベルトの後ろに続いた。乗っている馬はグランディアだ。

街道《かいどう》でも、旅人や《聖なる森》に向かう人々が、何事かと驚《おどろ》いていた。

「《聖なる森》はしばらく立ち入り禁止だ。凶悪《きょうあく》な獣《けもの》の目撃情報があるからだ、戻って皆《みな》に伝えてくれ」

気さくなオネストが人々に告げ、聞いた彼らは一様に驚いた後、即座に逃げるように王都に向かって行った。

「森の中に、どのくらいの人数がいるのかわからないのが問題だな」

アルベルトの言葉に、リオネルも頷《うなず》く。確かに、今現在まで森の立ち入りを制限していたわけではないので、ある程度の人間がまだ中にいるのは確実だ。さすがに夜になれば、人数も減るだろうが。

「拠点《きょてん》に向かうまで、声を掛《か》けるしか方法はないだろうな」

オネストが肩《かた》を竦めた。

オネストの言う通りだろう。今から分かれて動くより、いったん拠点を置いてからの活動の方がいい。広い《聖なる森》だ、捜索《そうさく》するだけでも時間がかかる。

だが、今回はあの裂《さ》けた大木が目安となっている。

(アルベルトの進言が、そのまま受け入れられるとは思ってもみなかった……)

結界があると伝え聞いていた王も、やはりその結界自体がどんなものかはわからないらしかった。しかし、事態の緊急性と重要性に王は即座に動き、教会の重鎮《じゅうちん》と歴史研究家らと内密に会談したようだ。その中で、教会の古い文献《ぶんけん》に、それらしい記述があるのがわかった。はっきりとした場所や、その方法が書かれていたわけではなかったようだが、《聖なる森》のどこかに結界はあるのだ、と。

実際に裂けた大木の周りでアルベルトが感じた禍々《まがまが》しい気配と併《あわ》せて考えれば、そこが結界だったと考えるのは自然だ。

あの場所が、今どうなっているのか。一日も経《た》っていないが、想像もできない。

討伐隊が編制される時、王都の警備責任者として残ってほしいと、最後までオネストの参加を渋《しぶ》ったアルベルトに対し、リオネルは彼の参加を強く支持した。

本当は、アルベルトの参加こそを阻止《そし》したかった。魔獣が現れるかもしれないと思った時、リオネルの頭の中にはあの時の傷ついたアルベルトの姿が鮮《あざ》やかに蘇《よみがえ》ったからだ。

同時に、今まで前の世界で起こったことが、こちらの世界でも起きたこと、そして自分が何らかの行動を起こせば、その被害《ひがい》は最小限に収まったことも考えた。

異なるようでいて、似ている世界。

この世界にも魔獣は現れた。この世界の人間にとって、魔獣は未知の生き物だ。だが、リオネルはその姿を見ているし、その力も身をもって知っている。だからこそ、こちらの世界のアルベルトを死なさずにいられるかもしれない。

前の世界で刻まれた記憶《きおく》は、リオネルの中でまだ生々しいままだ。本当は怖《こわ》くて、逃《に》げ出したい。圧倒《あっとう》的な強者の存在に、ただの人間が勝てるはずがないと頭のどこかで思ってもいる。

それでも、この世界で繋《つな》がった仲間のために、家族のために……アルベルトのために、リオネルは何でもするつもりだった。

リオネルは絶対に悲劇を繰《く》り返さないと誓《ちか》った。

その証《あかし》の一つとして、リオネルは文官の派遣《はけん》を固辞した。今回は未知の魔獣相手で、安全を確保できないからと告げたが、一番の理由はレオノーラの存在だ。

前の世界では、リオネルとアルベルト、そしてレオノーラが魔獣が現れたあの場所にいた。それが魔獣出現の条件だとは言い切れないが、可能性は潰《つぶ》しておきたい。

建国以来の大事だ。記録を取っておきたいと渋った文官側も、アルベルトから再度固辞されて納得《なっとく》してくれた。これで、前の世界とはまた一つ変わった。

それから間もなく、討伐隊は《聖なる森》に到着《とうちゃく》した。すでに数十人には警告したが、森の中にはまだ何も知らない人々がいるだろう。

野営地に着くと、すぐにアルベルトとオネスト、三人で段取りの確認《かくにん》をする。まずは森にいる者の安全確保、そして、あの大木周辺の探索《たんさく》だ。

「結界と思える場所の周辺の探索には、まずは私が行きます」

「リオ」

これだけは譲《ゆず》れなかった。しかし、リオネルは己《おのれ》の力量もわかっているつもりだ。

「オネスト副団長、同行をお願いできますか？　騎士一部隊も同行させて」

「一部隊？　足りるか？」

「その分、精鋭《せいえい》を選抜《せんばつ》してください。人選はお任せします。騎士たちにはくれぐれも魔獣に警《けい》戒《かい》をするように徹底《てってい》してください。普通《ふつう》の獣とはまるで違《ちが》う気配を纏《まと》っています。向こうは人間を見ても逃げることなく襲《おそ》ってくるはずですから」

「リオ」

今度は強く名を呼ばれた。リオネルは硬《かた》い表情のままアルベルトを見つめる。

「私はあの場所を知っています」

「俺もだ」

「準備をしますので」

「待て」

引き留める言葉を聞かなかったことにして天幕を出ると、リオネルは一度息を吐《は》く。

弱音を吐きそうになる口を引き結び、歩き始めた。周りでは天幕の設営や武器の整備、食事の支度《したく》などで騎士たちが大勢行きかっている。

その中を重い足取りで抜《ぬ》けていくと、

「……あ」

ここにいるはずのない人物を見かけて目を瞠《みは》った。

「お疲《つか》れ様です、オルコット副団長」

「……ファース殿《どの》」

文官がこの場にいるはずがなかった。しかも、よりによってこの場に一番いてほしくないレオノーラが。

「あなたが……どうして……」

「多忙《たぼう》な騎士様に記録を取っていただくのはやはり申し訳なく、私なら身軽で、いざとなれば早馬で逃げられるだろうと……」

「……っ」

(何を考えているんだっ)

どうやら文官の上層部の誰《だれ》かが功を惜《お》しんだようだ。そんな危険な任務を非力な彼女に任せるなどと……来るなら自ら来いと、リオネルは血が滲《にじ》むほど唇《くちびる》を嚙《か》み締《し》める。

「国の大事です。携《たずさ》わることができて光栄です」

レオノーラの顔色は蒼褪《あおざ》めているが、声には確かな力があった。魔獣《まじゅう》への恐怖《きょうふ》はあるだろうが、それ以上に国のために働くということに高い誇《ほこ》りを持っているように見えた。

「オルコット副団長、大変危険な任務でしょうが……どうか御無事《ごぶじ》で。私も、私ができる精一《せいいっ》杯《ぱい》で務めます」

深く一礼をし、灰色の文官服をなびかせて立ち去る。そんなレオノーラの後ろ姿をじっと見つめたリオネルは、逃《のが》れようのない既視感《きしかん》に身体《からだ》が一気に震《ふる》えた。

「ファース殿が……ここに、いる」

(あの時と、同じだ……)

前の世界では、騎士《きし》のアルベルトとレオノーラ、そして文官のリオネルがあの場にいた。そして今、この《聖なる森》に騎士のアルベルトとリオネル、文官のレオノーラがいる。

前もって手を打っていたはずなのに……立場は違うが、同じ三人の人間。やはり、これはあの時のことをなぞっているのではないだろうか。

「……条件が、揃《そろ》った？」

呆然《ぼうぜん》と呟《つぶや》いた時、地の底から湧《わ》き上がるような雄《お》たけびが轟《とどろ》いた。

「全団員、戦闘《せんとう》態勢！」

アルベルトの声が野営地に響《ひび》く。

「皆《みな》、落ち着け！　必ず複数人で行動しろっ、深追いはするな！」

オネストが、恐怖と焦《あせ》りで浮《う》き足立つ騎士たちに怒鳴《どな》った。

リオネルの目に、驚《おどろ》いた表情で立ち止まるレオノーラの姿が映る。

「文官の護衛を！　安全を確保しっ、彼女を早馬で森の外に！」

リオネルが叫《さけ》ぶと騎士の一人が慌《あわ》てて馬を連れ、その背にレオノーラを乗せて自らも跨《また》がろうとしたが、
ヒヒーンッ
「きゃあ！」

「ファース殿！」

訓練を受けているはずの馬が狂《くる》ったように嘶《いなな》き、大きく前足を上げた次の瞬間《しゅんかん》、森の奥に向かって駆《か》けだした……その背にレオノーラ一人を乗せたままで。

「……くそっ」

リオネルは激しく舌を打ち、その後を追って走った。馬に乗って追いかけるということさえ思い浮かばなかった。

(あの方向はっ、あの木の場所だっ)

馬が向かって行ったのは、結界と目されるあの大木がある方向だ。せめてあのまま駆け抜けてほしいと願いながらリオネルは走る。

足を進めるごとに、身体に伸《の》し掛《か》かる圧で息苦しい。魔獣とは、負の気を纏《まと》い、怪《あや》しい力を持つ獣《けもの》だと古い文献《ぶんけん》で読んだことがあるが、実際に目《ま》の当たりにしたその空気は筆舌《ひつぜつ》に尽《つ》くしがたいものだ。

ギャアアアァァァァァオッ
「！」

開けた先に、それはいた。

禍々《まがまが》しい赤い目に、裂《さ》けているように見えるほどの大きな口元。鋭《するど》い牙《きば》から滴《したた》る涎《よだれ》。ダークベアの三倍はあろうかと思うほどの見上げる巨体《きょたい》のそれは、あの世界で現れた魔獣とまったく同じだった。

「きゃあ！」

そして、逃げていてほしいという願いも虚《むな》しく、無残に傷つけられて倒《たお》れた馬と、その場に座り込むレオノーラの姿がそこにあった。

リオネルは剣《けん》を抜き、素早《すばや》くレオノーラの前に出た。

「早く逃《に》げてくれ！」

目の前の恐《おそ》ろしい存在に、リオネルは勝てる気がしなかった。倒すことはおろか、追い返すこともできるかどうか、だ。だからこそ、リオネルはオネストの力を、仲間の力を借りるつもりだった。

向こうの世界ではアルベルトとレオノーラの二人で魔獣と戦い、敗れた。しかし、そこに剣《けん》豪《ごう》と名高いオネストが、彼やアルベルトに鍛《きた》えられた精鋭の騎士たちがいれば、勝機はあると信じた。

傷つく者は出るだろう。死者が出る可能性も高い。しかし、ここで逃げたら、魔獣は王都を襲うかもしれない。身を守る術《すべ》もない王都民を守るのは騎士である自分たちだ。

リオネルはいつの間にか、騎士としての己の立場に誇りと信念を持っていた。

それなのに、結局は一人で魔獣と対峙《たいじ》している。だが、今のリオネルは騎士団の副団長で、レオノーラは守るべき王都民だ。

（騎士って……本当に、凄《すご》いっ）

こんな恐ろしい存在を前に、逃げることもせずに対峙するなんて、騎士という存在がどれほど大変な職業なのか、今更《いまさら》のように思い知った。

「オ、オルコット副団長っ」

「ぅあっ」

背後のレオノーラを気にするあまり、リオネルは伸びてきた魔獣の爪《つめ》に反応が遅《おく》れた。目の前に迫《せま》る魔獣に足が動かず、剣を握《にぎ》る手に力を込《こ》める。

「リオ！」

「！」

銀の光が目の前を過《よぎ》った。

それはアルベルトの剣の残像で、爪を弾《はじ》かれた魔獣は少し後ずさり、アルベルトは勢いのまリオネルを抱《だ》き込むように庇《かば》い、その背を無防備に魔獣へと向けている。

「く……っぁっ」

「アル！」

その背を嬲《なぶ》るように大きな爪が振《ふ》り下ろされ、アルベルトは服ごと切り裂かれた。広い背中を支える手に、濡《ぬ》れた感触《かんしょく》が伝わってくる。

どうしてここにアルベルトがいるのかなど愚問《ぐもん》だ。この場所はリオネルだけではなくアルベルトも知っていて、緊急《きんきゅう》事態に彼は真っすぐこの場所に駆けつけてくれたのだろう。

悔《くや》しいが、その姿を見て情けないほど安心している自分がいる。無意識にその背に強くしがみつきそうになった時、アルベルトの背中越《ご》し、再び襲《おそ》い掛かろうと迫る魔獣の姿が見えた。

この体勢では、再びアルベルトが攻撃《こうげき》を受けてしまう。リオネルは自分を抱きしめているアルベルトの腕《うで》を必死に外そうとするが、全身で抱き込んでくるそれを振りほどけない。

「放せっ、アル！」

今のリオネルは文官ではなく騎士だ。アルベルトの剣技には遠く及《およ》ばないものの、それなりの訓練は受けているし、何より騎士の先頭に立たなければならない副団長の一人なのだ。

(どうすればいいっ？　どうすればアルベルトは助かるんだっ？)

「……リ、オ」

荒《あら》い息が首筋にかかる。致命傷《ちめいしょう》ではないと思いたいが、命を落とすかもしれないと思うと、リオネルの目から自然と涙《なみだ》が溢《あふ》れた。アルベルトを失うかもしれないという恐怖からだ。

(どうしていつも……いつも、俺を守ってくれるんだ……っ)

萎《な》えそうになる心を叱咤《しった》するように首を振ったリオネルは、切り裂かれたあの大木の側《そば》に——

——ほのかに光る細い木を見つけた。

「な……」

リオネルの背丈《せたけ》より少し低い木。昨日見た時には、あんな細い木はなかったはずだ。

だが、それを目にしたとたん、リオネルの記憶《きおく》が鮮《あざ》やかに蘇《よみがえ》った。

『この傷からいつか伝説の魔獣が出てくるかもしれないだろ。そうすると、この木は倒れてしまうから、その時のためにも新しい聖樹を植えておかないと』

『聖樹？　この木が？』

『《聖なる森》で一番大きい木だもん、聖樹だよ』

　これは、この世界ではなく、向こうの世界での出来事だ。だが、あの時植えた実がある場所に、光る木が生えている。そのことに、意味があると思ってしまった。

　裂けてしまった大木。

　新たに生えてきただろう光る木。

　この二本が聖樹だという決定的な証拠《しょうこ》はないが、リオネルは確信した。

（あの時、あの瞬間、確かに聞こえたっ）

【次代に繋《つな》いでくれた礼に、そなたの願いを叶《かな》えよう】

「！」

【そなたの願いは】

　その直後に脳に直接響いた声。男でも女でもない、無機質なそれは、あの時聞いた声と同じ、言葉も一言一句同じものだ。

『この魔獣《まじゅう》が現れる前に戻《もど》してくれ！　アルが死ぬ未来を消してくれ！』

　この世界に来た時、願いは叶ったと思った。リオネル自身の人生は変わったが、アルベルトは生きていた。

　側で過ごすようになって、騎士《きし》団長としてのアルベルトの苦労と努力を知って、自分自身も変わろうと思い、自分なりに努力した。リオネルの中でアルベルトという存在がどんどん特別なものに変化して、本当に彼が生きていてくれて良かったと思った。

だが、今、またアルベルトの命は消えようとしている。

「お願いしますっ、アルを助けてください！」

二度も願いを叶えてくれるかどうかわからなくても、リオネルはそう願わずにはいられなかった。

もしかしたら、代償《だいしょう》を払《はら》うことになるかもしれない。前の世界とも、今とも違《ちが》う世界に連れて行かれるかもしれない。今度はアルベルトとはまったく関《かか》わりのない立場になって、言葉を交《か》わすこともできないかもしれない。あるいは、リオネルという自我もなくなるかもしれないし、もしかしたら生きてさえいないかもしれない。

それでもいいと、思えた。

「早く！」

しかし、目の前から魔獣は消えず、アルベルトの荒い息と血の匂《にお》いも消えない。

どうすればいいのだと焦《あせ》るリオネルの目に、襲い掛かる魔獣の姿が映った。咄嗟《とっさ》にアルベルトの身体《からだ》と位置を変えれば、

「……ぐぁっ」

痛みより、熱さが先にきた。こみ上げてきたものを口から吐《は》き出せば、それが鮮血《せんけつ》だとわか

った。

「……くそっ」

裂けた大木の破片を手にしたのは無意識だ。木のささくれが手のひらを刺《さ》すが、まったく気にならなかった。自分でもわけのわからない力が漲《みなぎ》っていて、そのまま、アルベルトを魔獣から突《つ》き放すと、リオネルは両手で握った破片を渾身《こんしん》の力でその眉間《みけん》に突き刺した。

ギャアアアアアッ
不気味な絶叫《ぜっきょう》が響《ひび》き渡《わた》る。よろめいた魔獣が数歩後ずさった。リオネルは、突き飛ばしたアルベルトが気になって後ろを振り向いたが。

「……え……」

見下ろす自身の腹から、不気味な爪が生えているのに気づいた。

「リ、オッ」

身体から力が抜《ぬ》けてその場に跪《ひざまず》き、ゆっくりと地面に横たわる。

「団長っ！」

「こっちだ！」

何人もの声と気配がして、霞《かす》む視界の向こうに魔獣に立ち向かう騎士たちの姿が見えた。

（……良かった……）

きっと、もう大丈夫《だいじょうぶ》だ。アルベルトも、絶対に助かる。

「リオ！」

悲痛な声を聞きながら、リオは目を閉じた。痛みと熱さはもう感じずに、満足感だけが心を占《し》めている。

（アルを……助けることができた……）

前の世界で、自分を助けるために命を落としてしまったアルベルトを、この世界では助けることができた。無傷とはいかなかったが、それは許してほしい。

少しだけ、アルベルトが話したいと言っていたことが気になったが、どうやらもう時間はなさそうだ。

「……ア、ル……」

頰《ほお》に伝う涙の意味はわからない。ただ、今の行動を後悔《こうかい》なんか絶対にしない。

（さ……よ、なら……）

短くも、濃厚《のうこう》なこの数ヵ月。この世界に来て、新しい人生を生きてきたことを幸運だと思う。

その光る木が本当に聖樹なら、どうかアルベルトを、そして騎士たちを守ってほしい。

目を閉じたリオネルは、木が見る間に育ち、光り輝《かがや》いた姿を見ることはできなかった。

――――――

――――――

――――――

――――――

――――――

「リオ！」

「……え？」

切羽詰《せっぱつ》まった声で名前を呼ばれ、ハッと目を開いたリオネルの視線の先では、大きく口を開いた魔獣が今にも飛び掛《か》かろうとしていた。

第六章

たった今、自分は魔獣の手によって命を落としたはずだ。

だが、なぜかその場には魔獣と、己《おのれ》の足で立つ自分がいた。

「逃《に》げろっ」

必死に叫《さけ》ぶアルベルトは、見るからに瀕死《ひんし》の重傷を負っている。何がどうなっているのかわからないが、リオネルは咄嗟に剣《けん》を手に取ろうとした。

「……え？」

しかし、周りに愛剣は落ちていなかった。いや、見下ろす視界の中の自分は騎士服ではなく灰色の文官服姿だ。

（これって……え？　前の世界に戻ったのか？）

死んだ自分が、再び最初の世界に生き返った。それにも驚《おどろ》いたが、アルベルトが命を落とす場面に戻ったなんて、なんという悪夢なんだと思う。

だが、リオネルは以前の自分ではない。騎士団の副団長を務めたのだ。

「……っ」

リオネルは素早《すばや》く辺りを見回し、あの裂《さ》けた大木があるのを確認《かくにん》した。そして、あの時は気づかなかったが、細い木が寄り添《そ》うように立っていることも確認する。

「よしっ」

「リオッ？」

同じ手が通用するかはわからないが、それでも可能性があるのなら試《ため》すだけだ。

リオネルは裂けた大木に走り寄り、裂けた部分の破片を引きちぎる。鋭《するど》いささくれに手のひらが傷つくが構わなかった。

「アルッ。援護《えんご》を！」

「！」

躊躇《ためら》いなく叫ぶリオネルにアルベルトが目を瞠《みは》ったが、驚いた表情は一瞬《いっしゅん》で消えた。すぐに剣を握《にぎ》り直し、リオネルを魔獣《まじゅう》の死角に誘導《ゆうどう》し始める。

「オルコット殿《どの》っ」

そこには、レオノーラもいた。凛々《りり》しい騎士《きし》服の彼女は魔獣にも一歩も引かず、もう一匹《いっぴき》の魔獣からリオネルを守りながら戦ってくれる。

文官服の彼女も綺麗《きれい》だったが、やはり騎士のレオノーラは美しい。どんなに泥《どろ》や血で汚《よご》れていても、眩《まぶ》しいほどの美貌《びぼう》に陰《かげ》りはなかった。

「次に魔獣が体勢を整えようとした時が勝負だっ、援護を頼《たの》むっ」

魔獣の意識は、この場で一番強いアルベルトに向けられている。リオネルなど、ただの食料としか思っていないだろう。好都合だ。

「……！」

（今だ！）

アルベルトに向けた一撃《いちげき》を躱《かわ》され、魔獣が低い体勢になった次の瞬間《しゅんかん》、駆《か》け寄ったリオネルは全体重を乗せて破片をその眉間に突き刺した。咄嗟《とっさ》に身を起こし暴れる魔獣に振《ふ》り払《はら》われた身体《からだ》は、情けなくも近くの木にぶつかって跳《は》ねる。

「……ぐぅ……っ」

背中が痛くて立ち上がれない。……だが、魔獣から致命的《ちめいてき》な攻撃《こうげき》は受けていないので、きっと最悪な状況《じょうきょう》は回避《かいひ》できたはずだ。

だからこそ。

「……っ」

リオネルは目を閉じなかった。霞みそうな視界を必死に見開き、眉間に破片が突き刺さり、荒《あ》れ狂《くる》う魔獣を前に剣を構えるアルベルトの背を見つめ続ける。

もう大丈夫。変な確信がそこにあった。

「本当に大丈夫《だいじょうぶ》なのか？　まだ休んでいいんだぞ？　長官も今回のお前の働きはわかっているし、誰《だれ》にも文句は言わせない」

朝食の席で、生真面目《きまじめ》な顔をして言い募《つの》る父。心配してくれているのはよくわかるが、もう半月も休んでいるし、いい加減本を読んで過ごすのも飽《あ》きた。

「大丈夫です、ありがとうございます、父上」

実際に、リオネルの怪我《けが》はそれほど深いものではなかった。木の破片を握り締《し》めた手のひらはかなり酷《ひど》い状態だったが、それでも出血の割には驚くほど幸運な状態だと医師に言われた。

反対に、アルベルトの方は腹の傷がかなり深く、一時は命の危険もあったらしい。それが、僅《わず》か十日で復帰したと聞き、リオネルは開いた口が塞《ふさ》がらなかった。いくら鍛《きた》えている騎士だとしても、信じられなかった。

おそらく、王家の秘薬を使われたのではないかと兄は言っていたが、それでもあまりにも無茶な行動に何をしているんだと文句を言いたかった。

実は、目が覚めた翌日、お忍《しの》びで自宅屋敷《やしき》に王と宰相《さいしょう》が来訪した。

今回の魔獣の出現と討伐《とうばつ》の真相を聞きに、わざわざ足を運んでくれたらしい。

しかし、当然ながら本当のことは言えなかった。

『その他《ほか》に、王族には代々伝えられている話がある。王と、王太子、そして騎士団の団長しか知らない話だ』

あれは、あの世界のアルベルトが話してくれたものだ。おそらく、結界のことはこの世界でも国家機密であることは想像に難《かた》くない。それを、下位の文官であるリオネルが知っているわけにはいかず、王を前に嘘《うそ》をつくしかなかった。

「偶然《ぐうぜん》に、見つけたのです。あの裂けた木と、光る木を……。それで、恐《おそ》ろしい魔獣を前に、無我夢中で身体が動いて……」

それとなく、あの木々が特別だったと匂《にお》わせた。後は勝手に、王が聖樹の認定をし、あの場所が禁地だと確信するはずだ。

想像するしかないが、時間の経過とともに木の生命力が失われ、聖力も薄《うす》れていたので、封《ふう》印《いん》されていた魔獣が中から破《は》壊《かい》し、出てきたのではないだろうか。真実はそれほど遠くないように思う。

この先調査してわかることもあるだろうが、王家は真実を公表しないだろうし、一文官のリオネルが知ることはないはずだ。

案の定、数日後、《聖なる森》についての新しい取り決めが公表されたと父から聞いた。

曰《いわ》く、今回魔獣が出現した地は禁地とし、立ち入り禁止地区に認定した。

その禁地には、王の許可なく何人たりとも足を踏《ふ》み入れてはならない。

それを知ったリオネルは安堵《あんど》した。新しく生まれ変わった聖樹はしばらく枯《か》れることはないだろうし、これで万が一傷つけられる可能性もなくなった。

リオネルは出仕する父の馬車に同乗させてもらい、王城に向かった。

事務室のドアを開けると、中にいた数人が驚いたように声を上げた。

「オルコット、大丈夫なのかっ？」

「まだ休んでいろっ」

「よくやったな、お前！」

口々に言われ、肩《かた》を叩《たた》かれる。こんなふうに同僚《どうりょう》たちに囲まれるのは初めてで、面食《めんく》らってすぐに反応はできなかった。

「わ、私は何も……」

「何を言っているんだっ、未知の魔獣に果敢《かかん》に立ち向かった文官！　王や宰相からもお誉《ほ》めのお言葉をいただいた。私も鼻が高いよ」

満面の笑《え》みを浮《う》かべる上司を見るのも初めてだ。

妙《みょう》な居心地《いごこち》の悪さを感じたが、もう数日はゆっくりしているように言われた。

そのことに礼を言い、リオネルは厩《うまや》へ足を向ける。そこにいるはずのグランディアに会おうと思った。彼女の無事を確認したかったのだ。

「え……いない？」

しかし、グランディアという牝馬《ひんば》はいないと言われた。別の世界のことだ、その可能性も十分ありえたというのに、自分を乗せてくれたあの優《やさ》しい馬がいないという現実は、リオネルに小さくない衝撃《しょうげき》を与《あた》えた。

文官のリオネル・オルコット。男爵《だんしゃく》家の四男。

（……戻《もど》って……来たんだ……）

騎士団副団長のリオネル・オルコットは、もう……ここにはいない。

リオネルは目を伏《ふ》せ、小さな息をつく。

「……そっか……」

『今回のことが終わったら、お前の話を聞かせてほしい。そして、俺の話も聞いてほしい』

あのアルベルトはもう、ここにはいないのだ。

それから数日後、リオネルは完全に仕事に復帰した。

何もなかったころと同じ生活に——いや、少し変化した。

身体に負った傷は時折痛むものの、生活するうえで何の支障もなかった。むしろ身体は軽いくらいだ。

あの世界で鍛えた身体は、不思議なことにこちらの世界にも持ち越《こ》されたみたいだ。

何度か、馬にも乗ってみた。あれほど苦手だった乗馬に、風が気持ちよいとさえ思えるほどに慣れていた。

何より、顔を伏せることを止《や》めた。どうせ下っ端《ぱ》文官だからと勝手に卑屈《ひくつ》になっていたあのころとは違《ちが》い、文官としての自分に誇《ほこ》りを持った。

自分にできることをする。

そう決め、実行し始めたリオネルのもとに彼女が現れたのは、復帰から五日後のことだった。

「すぐにお礼に来られず、申し訳ありませんでした」

「……ファース副団長」

レオノーラは深く頭を下げる。そうされる意味がわからなくて、リオネルは慌《あわ》てて彼女を止めた。

「止めてください、私の方こそ助けていただいて……」

「いいえ、私を助けてくださったのはオルコット殿《どの》です」

真っすぐな眼差《まなざ》しでリオネルを見るレオノーラの頰《ほお》には、薄いが明らかにわかる傷があった。

あの魔獣《まじゅう》に付けられたものだろう。

女性の顔に傷ができたことに酷く心が痛むが、それを表情に出したら駄目《だめ》だともわかっていた。彼女は騎士《きし》だ。戦ったうえでの傷は、レオノーラにとって名誉《めいよ》の証《あかし》なのだろう。

「オルコット殿が魔獣を弱らせてくださったからこそ、あの二匹《ひき》を我々《われわれ》騎士が討伐することができたのです。本当に、ありがとうございました」

「……」

（違うんです、俺は……）

異なる世界での二度の経験があったからこそ、対処することができた。恐ろしい魔獣を前にして逃《に》げることなく、向かうことができた。いわば、リオネルはズルをしただけだ。

「騎士たちもオルコット殿の活躍《かつやく》を見聞きし、更《さら》なる鍛練《たんれん》をしています。万が一、再び魔獣が現れたとしても、今度は我々が絶対に倒《たお》します」

「……はい。きっと、あなた方なら大丈夫です」

リオネルの言葉に、レオノーラは嬉《うれ》しそうに微笑《ほほえ》む。僅かな傷など気にならないほど、彼女は相変わらず綺麗《きれい》だった。

「呼び止めてしまい、申し訳ありませんでした」

一礼したレオノーラが踵《きびす》を返した時、リオネルはあっと声を出した。

「あの」

「はい？」

「あ、あの」

一瞬口籠《いっしゅんくちご》もったが、思い切って尋《たず》ねてみる。

「エディントン団長は……その、傷の具合は……」

復帰してから、まだアルベルトに会っていない。魔獣の件の後始末で多忙《たぼう》なのは知っていたし、何より彼と会って何を話していいのかわからなかった。

必然的に騎士がいるような場所には近づかないようになっていたが、アルベルトの怪我《けが》が心配なのも本当で、身近にいるレオノーラに訊《たず》ねてみたのだ。

「団長は今、本部に閉じ込められていますよ」

「え？　閉じ込められている？」

思いがけない答えに面食《めんく》らっていると、レオノーラが可笑《おか》しそうに頷《うなず》いた。

「ノーマン副団長が勝手をした罰《ばつ》だとおっしゃって。でも、本当は団長の怪我を心配されているんだと思います」

「あ……そういう……」

「でも、ずっと書類仕事ばかりなので、団長も飽《あ》き飽きとなさっているのが丸わかりなんですよ、あ、内緒《ないしょ》にしてくださいね」

可愛《かわい》らしく人差し指を口元にやる彼女に、リオネルは笑って頷いてみせる。だが、一方で寂《さび》しさも感じてしまった。

（もう、オネスト副団長とも関《かか》わることはないんだろうな……）

あの世界では同じ副団長同士、彼の豪快《ごうかい》さや人懐《ひとなつ》っこさに救われ、ずいぶん可愛がってもらった。朝練も一緒にして、名前呼びを願われて……でも、もうそれもできない。

「ありがとうございました。ファース副団長も無理なされないように」

「ありがとうございます」

今度こそ去っていく細い背中を、リオネルは見えなくなるまで見送る。彼女と話せて良かったと思いながら、不思議と以前は感じていたほのかな熱がなくなっていることに気づいた。

レオノーラに対し、いまだ好意はあるのに、だ。

変わって、今リオネルの頭の中を占《し》めているのはアルベルトだ。

「……話って、何だったんだろう……」

違う、これは向こうのアルベルトのことだ。

『リオ！』

でも、こちらのアルベルトも、リオネルを命がけで助けようとしてくれた。

「……」

あちらの世界のアルベルトと、この世界のアルベルト。

自分がどちらの彼のことを考えているのか、リオネルにはわからなかった。

「では、お借りします」

「気をつけて」

リオネルは葦毛《あしげ》の馬に跨《また》がった。

今ではすっかり慣れた目線の高さに、ゆっくりと足を進めさせる。

文官としての日常を取り戻したリオネルだったが、そこに乗馬という日常が加わった。あちらの世界では必須《ひっす》だった乗馬だが、こちらに戻ってきてからはあの疾走《しっそう》感を恋《こい》しく思うようになったのだ。

愛馬のように思っていたグランディアはいないが、厩《うまや》にはおとなしい馬たちもいた。暇《ひま》な時間を見つけては馬たちの世話をし、乗馬も行うリオネルを、厩番たちはすっかり馬好きと思ったらしい。

最近では王城の外に出ることも許され、今日は《聖なる森》に行ってみることにした。禁地は設けられたが、森自体に足を踏《ふ》み入れることはできるようになるらしい。ただし、まだ数カ月は魔獣の影響《えいきょう》を調査しなくてはならないので、ごく浅い部分しか入れないようだ。

「よろしく頼《たの》むな」

リオネルは優しく鬣《たてがみ》を梳《す》き、馬を走らせた。さすが王城で飼っている馬は優秀《ゆうしゅう》で、あっという間に森の直《す》ぐ側《そば》まで来ることができた。

「……」

森の周りには等間隔《とうかんかく》で兵士が立っている。数日前までは騎士がその役割だったらしい。

一番近くにいた兵士がこちらを見たが、注意をされることはなかった。

(もう……何もなければいいな……)

新たな聖樹で結界が張り直され、二度と魔獣が湧《わ》くことがなければいい。

(アルが、二度と傷つかないように……)

本当はこの目であの場所を確認《かくにん》したかったが、どうやらそれは無理のようだ。こういう時、自分が騎士だったら……そう思うこともあるが、しかたないと諦《あきら》めるしかない。

「少し走って戻《もど》ろうか」

馬に話しかけ、手綱《たづな》を引いて向きを変えた時だ。

「……?」

今来た道を、馬が走ってくるのが見えた。

「監視《かんし》の兵士か?」

そのまま何気なく見ていると、馬はこちらに向かっているらしい。少しずつ見えてくる姿に、リオネルは目を見開いた。

「う……そ……」

「リオ！」

近づいてくる黒馬に跨がっていたのは、騎士団団長であるアルベルトだった。

「……っ」

一瞬《いっしゅん》、逃げようと思ったのは本能かもしれない。それでもその場に留《とど》まったのは、アルベルトの怪我が心配だったからだ。

馬に乗っている時点でそれなりに回復しているとわかるものの、リオネルはアルベルトが傷ついた瞬間《しゅんかん》を見ている。あれほどの怪我がこんなに短期間で完治するとは思えなかった。

馬はすぐの目の前までやってきて、アルベルトは減速途中《とちゅう》で飛び降りた。

「……っ」

一瞬、眉間《みけん》に皺《しわ》が寄ったが、それでも地面に立つ足はしっかりとしている。

馬上から見下ろすのも落ち着かなくて、リオネルもぎこちなく馬から滑《すべ》り降りた。

すると、そのまま歩み寄ってきたアルベルトは、リオネルの面前に立つと頭の上から足元まで、何度も視線を動かしている。ほんの些細《ささい》な変化さえ見逃《みのが》さないというような真剣《しんけん》な様子に、リオネルもおとなしく動かないでいた。

どのくらい経ったろうか。ようやく満足したのか、アルベルトが深い息をつく。

「怪我は、大丈夫《だいじょうぶ》のようだな」

「あ、ああ」

そう言って笑うアルベルトは本当に嬉《うれ》しそうで、リオネルは落ち着かない気分になってしまった。

「……良かった」

「もっと早くお前に会いに行きたかったんだが、魔獣《まじゅう》関係の後処理が膨大《ぼうだい》で……いや、これは言い訳だな。文官のリオを危険な目に遭《あ》わせてしまった。騎士《きし》団団長として深く謝罪する……申し訳なかった」

頭を下げるアルベルトに、リオネルは違《ちが》うと首を横に振《ふ》る。あれはアルベルトのせいじゃない。結界の寿命という不可抗力の現象だし、そこにリオネルがいたというのは単なる不運だ。

「謝るな」

「リオ」

「それよりも、服脱《ぬ》いでくれ」

「え？」

珍《めずら》しく言葉に詰《つ》まるアルベルトに、リオネルはハッと首を横に振る。

「き、傷を見せてほしいだけだっ」

「傷を？」

「お前絶対無理してるだろう？　あの場にいた俺はそれを見る権利があるはずだ。ここ……は、さすがに駄目《だめ》だな。森の中に行くか」

広々とした草原の真ん中で服を脱がせるわけにはいかない。目隠《めかく》しになる森の中ならば構わないだろうと思ったが、踵《きびす》を返そうとした腕《うで》を掴《つか》まれた。

「落ち着け、リオ。森は今騎士と兵士以外立ち入り禁止だ」

「問題ない、俺は副団……あ、いや」

（俺は騎士団の副団長じゃない……文官だ）

すべてが元通りになったと思っていたのに、気持ちの名残《なごり》があった。そんな自分を馬鹿《ばか》だと思った。

俯《うつむ》いたリオネルは、いきなり抱《かか》えあげられた。そのまま馬に乗せられる。怪我《けが》をしているとは思えないほどの腕力《わんりょく》だ。

「な、なに？」

「乗馬、上手《うま》くなったらしいな」

「ま、まあ、少しは」

「さすがにここで服を脱ぐわけにはいかない。それに、魔獣のことでお前にも伝えておきたいことがある。じゃあ、遅《おく》れずについてきてくれ」

アルベルトが向かったのは王城の、騎士団本部だった。

見慣れて、通い慣れたはずの建物だが、それは前の記憶《きおく》のせいだ。この世界の、下っ端《ぱ》文官のリオネルは、騎士団団長の執務室《しつむ》に足を踏み入れたことはない。

行き交《か》う騎士たちはアルベルトに向かって頭を下げるが、なぜかリオネルを見ると一瞬目を見開き、騎士の礼を返してくれた。

今着ている服は私服で、本来なら不審者《ふしん》を見る目で見られるのではないか。

不思議に思うリオネルに、アルベルトが笑いながら説明してくれた。

「騎士たちは皆《みな》、勇気ある文官の名前と顔を知っているからな。感謝を込めているんだ、受け取ってやってほしい」

「勇気ある文官って……」

「間違《まちが》いじゃないだろう？」

確かに、魔獣を弱らせる手助けはしたかもしれない、だが、実際に倒《たお》したのはアルベルトやレオノーラ、そして騎士たちだ。

「俺は……」

前を歩くアルベルトが部屋の前で止まり、ドアを開けてリオネルを招き入れてくれる。

「どうぞ」

「お、お邪魔《じゃま》します」

中には誰《だれ》もいなかった。そのことに安堵《あんど》していると、アルベルトがおもむろに外套《がいとう》を脱ぐ。

「何か飲むか？」

「ううん、いい」

断ったものの、アルベルトは部屋の中央にある来客用ソファにリオネルを座らせ、水差しの中の茶を注いでくれた。

そして向かいのソファに座ったアルベルトは、それまでの穏《おだ》やかな表情を引き締《し》める。リオネルも自然に背筋が伸《の》びた。

「魔獣の死体は王城の研究室に運ばれた。どれほどのことがわかるのか不明だが……」

「そうか……」

討伐《とうばつ》された魔獣は、王都で二日間公開された。初めて見る異様な姿に、これを討伐した騎士団の人気はうなぎ上りになったようだ。

今後、再び魔獣が現れた時の対策のため、二体は研究材料として保管されている。魔獣という不可思議な存在のことが、少しでも何かわかればいいと思う。

ふと言葉が途切《とぎ》れ、リオネルはアルベルトを見る。どこか苦し気な表情で、膝《ひざ》の上で拳《こぶし》を握《にぎ》り締めている男は、リオネルの視線に気づいたのか顔を上げた。

「……お前が無事で良かった」

「アルベルト……」

「もしもお前が……」

その後に続かない言葉は、リオネルにも容易に想像ができる。あの場で皆命を落とさずにいられたのは本当に幸運だったのだ。

（……あ）

死闘《しとう》を思い出したリオネルは、あっと気づいて腰《こし》を上げる。

「リオ？」

そのままアルベルトの座っているソファに回り込み、その服を引っ張った。

「お、おいっ」

一瞬、アルベルトはリオネルの手を摑んで止めようとしたが、力の差を考えてくれたのか大きな抵抗《ていこう》はしない。リオネルはそのまま上着の釦《ボタン》を外し、シャツを捲《まく》り上げた。

「！」

捲った箇所《かしょ》から覗《のぞ》く、鍛《きた》えられたアルベルトの身体《からだ》。その腹に、引き攣《つ》れた醜《みにく》い傷があった。魔獣の爪《つめ》で傷つけられたものだ。

「……」

リオネルが不思議な世界に招かれたあの時、アルベルトの腹は魔獣の爪で突《つ》き破られていた。夥《おびただ》しい出血と、次第《しだい》に生気が失われていく蜂蜜《はちみつ》色の瞳《ひとみ》は今でも鮮明《せんめい》に覚えている。だが、なぜか再びこの世界に戻《もど》って来た時、アルベルトはまだ生きていて、深い傷は負っていたものの、結果的に致命傷《ちめいしょう》には至らなかった。

リオネルは間に合った。アルベルトを死なせないですんだ。

「……っ」

「……リオ……」

目の奥が熱くなり、こみ上げる感情のままポロポロと涙《なみだ》が頬《ほお》を伝っていく。

無意識に伸ばした手は傷に触《ふ》れそうになったが、直前で止めるとそっと腹に触れた。

「……かった……」

生きていてくれて、本当に良かった。

止めようもなく零《こぼ》れる涙はアルベルトの腹に落ちてしまうが、それを拭《ぬぐ》う余裕《よゆう》が今はない。

ただただ嬉しくて、そして——リオネルはあの世界のアルベルトのことを思った。どうか、彼も助かってほしい。こちらの世界で間に合ったように、向こうの世界の彼も生きていてほしい。

おそらく、もうあの世界に行くことは叶《かな》わないだろう。同じ騎士として歩み、助けてくれて、一緒《いっしょ》に前に進んだ彼とは、もう……会うことはできない。

「……ん、なさ……」

彼が何を言おうとしていたのか、もうわからない。

口づけの意味を知ることは、二度とない。

そのことが悲しくて、それでもやっぱりこの世界のアルベルトが助かり、また会えたことが嬉《うれ》しくて、リオネルはもう自分の感情がどうなっているのかまったくわからなかった。

「……っ」

不意に伸びてきた手が頭を抱《だ》き寄せた。

「リオ、泣くな、リオ」

何度も優《やさ》しく囁《ささや》きながら、大きな手が少し強く髪《かみ》を撫《な》でてくれる。

（……くしゃくしゃに、なるっ、だろっ）

文句を言いたいが、このまま離《はな》れてしまうのがなんだか寂《さび》しく、しばらくは子供のように抱えられていた。

「なんだ？　こんなとこで逢引《あいび》きか？」

「！」

不意に聞こえた楽し気な声にハッと顔を上げると、ドアに寄りかかり、面白《おもしろ》そうな表情でこちらを見ているオネストと目が合う。

（い、いつの間にっ？）

「入る時はノックをするように……何度も言っているだろう」

ドアが開いたことにさえまったく気づかなかったリオネルは激しく動揺《どうよう》したが、目の前のアルベルトは深い息をついてリオネルの頭を抱き寄せる。その仕草が、リオネルの泣き顔を見せ

ないようにしてくれているようで、急に恥《は》ずかしくなった。

「悪い悪い、良いところを邪魔して。団長が《小さな英雄《えいゆう》》を連れていたと聞いて、どうしても礼が言いたくてな」

「……《小さな、英雄》?」

聞き慣れない言葉に思わず問い返すと、頭上からあーっと、何だか焦《あせ》ったような声が聞こえてくる。

「……けして、お前を馬鹿《ばか》にしているわけじゃない。むしろ、敬意をこめて呼んでいるようだから……止められなかった」

「そうだぞ。遠慮《えんりょ》なく受け入れてくれ」

どうやら騎士《きし》たちの中には、あの魔獣《まじゅう》に立ち向かったリオネルのことをかなり美化して見ている者たちがいるらしい。彼らの中からそんな恥ずかしい二つ名が生まれ、信じられないことに王城内で密《ひそ》やかに広まっていると聞いて、リオネルは猛烈《もうれつ》な羞恥《しゅうち》に襲《おそ》われた。

(どうして俺じゃなくて、とどめを刺《さ》したアルベルトの方を称《たた》えないんだよっ)

あまりの衝撃《しょうげき》に涙も止まってしまい、リオネルは遠慮なくアルベルトのシャツで目元を乱暴に拭った。

第七章

アルベルトの前で泣いてしまったのは不覚だったが、一方でスッキリもしていた。あの世界を忘れることはできないが、少し冷静に振《ふ》り返ることができるようになった……と、思う。

「おはよう、オルコット」

「おはようございます」

「今度飯を食いに行かないか？」

「……そうですね、今度」

今度こそ、元通りの生活に戻ったと思ったのだが、なぜか王城内で声を掛《か》けられることが増えた。それは同じ文官だけではなく、騎士たちからも……いや、むしろ騎士たちの方が多いかもしれない。

同じ文官からは「話しやすくなったから」と言われ、これまでの愛想の無さを反省したが、騎士たちの理由はあまり納得《なっとく》いかなかった。

「……可愛《かわい》いからってなんですか。俺、男なんですけど」

「まあ、俺たちからすれば、リオは小さくて可愛いんだよ。飯なんていくらでも奢《おご》ってもらえばいいじゃないか」

だらしない格好で木を背もたれに地面に直接座っているのは、騎士団副団長オネスト・ノーマンだ。

あの世界で、みんなでしていた朝練が懐《なつ》かしく、リオネルは時折騎士団の訓練を見学するようになっていた。初めは、あちらの世界で慕《した》ってくれていた新人騎士のバランド、エモン、ロンサールがいないかと姿を捜《さが》したが、残念ながら彼らを見つけることはできなかった。

騎士の訓練は日常のことなので、今まで特に見学する者などいなかったらしく、ポツンと立っているリオネルの姿は自分が思う以上に目立っていたようだ。

そこから頻繁《ひんぱん》に騎士たちから声を掛けられるようになったのだが、それはどう考えても女性にするような誘《さそ》い文句が多かった。

そのことを、これもまた頻繁に顔を合わせるようになり、なし崩《くず》しに言葉を交《か》わすようになったオネストに愚痴《ぐち》った時、返ってきたのがその言葉だった。

「いくら何でも、知らない人に食事を奢ってなんてもらえません」

「リオは真面目《まじめ》だなぁ。王都の女は騎士に声を掛けてもらうのを誉《ほま》れとしているみたいだぞ？奢られるのは自分の価値が高いからだそうだ」

「……なんですかそれは」

王都の女性の気持ちをリオネルがわかるはずもない。そもそも、自分は男だ、なぜそちらに一括《ひとくく》りに言うのだろうか。

「ノーマン副団長、真面目に考えてください」

「俺は真面目だけど？　まあ、男と女よりかなり少ないが、男同士で付き合う者もいるだろう？　現に騎士団にも少なからずいる。男所帯だからな」

（……別に、そんな話が聞きたいわけじゃないんだけど……）

意図しない方向に話が進みそうになり、リオネルは落ち着かない気分になった。そんなの自分には関係ないことだと言うのは簡単だが、頭の中から消しても消えない光景がその言葉を言えなくする。

「まあ、嫌《きら》われていないんだからいいんじゃないか？」

「……」

この人に相談したのが間違《まちが》いだったかもしれない。

それに、もしかしたらリオネルの考えすぎで、あの魔獣討伐《とうばつ》の件で親近感を持ってくれているだけかもしれないのだ。

気持ちを切り替《か》えたリオネルは、頭を下げて訓練場から離れようとする。

「オルコット殿《どの》っ」

そこに、一人の騎士が駆《か》け寄ってきた。訓練終わりなのか練習着のまま、額には汗《あせ》が滲《にじ》んでいる。顔が赤く火照《ほて》っているので、早く休んだ方がいいのではないか。

「こんにちは」

数回、挨拶《あいさつ》を交わしたことのある騎士に丁寧《ていねい》に頭を下げると、彼はリオネルの前に直立不動になって、

「私と付き合っていただけませんかっ」

「……え？」

勢いよく頭を下げられて目を瞠《みは》ったリオネルは、視界の端《はし》でオネストが声を殺して爆笑《ばくしょう》している姿を見つけた。


「……」

リオネルは溜《た》め息をつく。もう、何度目かもわからないので、数えるのは止《や》めてしまった。

交際を申し込まれたことなんて初めてだった。それまで、人と関《かか》わることが苦手な自分は、結婚《けっこん》はおろか誰《だれ》かと恋愛《れんあい》することなど考えられなかった。幸い、兄弟はたくさんいるし、爵位《しゃくい》も継《つ》がないので跡継《あとつ》ぎのことを考える必要はなく、親に孫の顔を見せなければならないということもなかった。

しかし、実際に交際を申し込まれて、意外にも不快ではなかったことに内心驚《おどろ》いていた。相手は自分と同じ男なのだ、今までのリオネルならば即座《そくざ》に拒絶《きょぜつ》していただろう、それもバッサリと。

だが、あの騎士に対して、リオネルはどう断ろうかと言葉を考えた。真剣《しんけん》な想《おも》いに、真摯《しんし》に対さなければと思った。

『ありがとうございます。ですが……私は、あの……』

騎士団の副団長だったあの世界での経験から、騎士に対しては驚くほど好感を持っているのだろうか……自分でもわからない。

明日は休みだ。一日考えて、もう一度あの騎士と真摯に向き合った方がいいか。

終業後、夕暮れの回廊《かいろう》を重い足取りで独身寮《どくしんりょう》に向かっていた時だ。

「リオッ」

嫌《いや》というほど聞き覚えのある声に名前を呼ばれ、リオネルは俯《うつむ》いていた顔をさっと上げた。

騎士服のままのアルベルトがこちらに向かって走ってくるところだった。

一瞬《いっしゅん》、その場から逃《に》げようとしたが、僅《わず》かな逡巡《しゅんじゅん》の間にアルベルトはすぐ目の前までやってきた。

「今から時間あるか？」

「え？」

「《聖なる森》に行かないか？」

「え……今から？」

既《すで》に赤くなっている空。森に着くころには星空になっているはずだ。

「でも、今からなんて……」

「王から禁地に入る許可をいただいた。……気になっているんだろう？」

それは、リオネルが一番気にしていたことだ。逃げようとしたことも忘れて即座に頷《うなず》くと、アルベルトに手を繋《つな》がれた。

「お、おい、手っ」

これでは引率《いんそつ》される子供ではないか。リオネルが不満に声を上げるが、アルベルトは手を放してくれない。

そのまま、もう数えきれない人間に情けない姿を見られながら、ようやく厩《うまや》に着いた時には疲《つか》れ果ててしまっていた。

「お前……子供みたいだな」

あくまでも、手を引かれた自分ではなく、拒否《きょひ》しても放してくれなかったアルベルトの方が子供なんだと言い切ると、なぜか嬉《うれ》しそうに笑われてしまった。

「俺のことを子供だと言うのは、お前くらいだよ」

「……馬鹿《ばか》だろっ」

精悍《せいかん》で、整った容貌《ようぼう》をしているくせに、リオネルの前では時折こんなふうに無邪気《むじゃき》に笑うのだから質《たち》が悪い。

リオネルは動揺《どうよう》しているのを誤魔化《ごまか》すように、最近よく乗っている馬へと近づこうとする。しかし、その前にアルベルトの黒馬に乗せられてしまった。

「夜の乗馬は、まだお前には早いからな」

「……っ」

悔《くや》しいが、それは事実だった。

《聖なる森》に着いた時、やはりもう陽《ひ》は完全に落ちていた。

それでも月明かりと、森の周辺に焚《た》かれている松明《たいまつ》の明かりで、暗闇《くらやみ》ということはない。

アルベルトは近くにいた兵士に声を掛《か》け、馬に乗ったまま森の奥に進んでいく。相乗りしたリオネルは、少しの変化も見逃《みのが》さないように辺りを見回した。

（いつもの……森だ）

魔獣《まじゅう》が現れる前、幼い子供も足を踏《ふ》み入れることができた森に戻《もど》っている。新鮮《しんせん》で綺麗《きれい》な空気もそのままで、無意識に深く息を吸った。

「あれから森に変化はない。空気も清浄《せいじょう》に戻っているだろう？」

「う、うん」

リオネルのすぐ後ろから聞こえる声。響《ひび》きが良い甘い声は耳をくすぐり、落ち着かない気分にさせる。片手で手綱《たづな》を、もう一つの手は落ちないようにしっかりとリオネルの腹に回っている。その温かさが気になってしかたがない。

それでも、本来の目的地である禁地に近づいた時、リオネルは変化に気がついた。森の奥、月明かり以外は生《お》い茂《しげ》る木々で暗闇のはずの場所が、ほんのりとした明かりに照らされていたからだ。

「あ……れ？」

「ああ」

そのまま進んだ馬は、やがて開けた場所に着く。そこには、まだ細いながら既に見上げる高さになった木がほんのり光っていた。

「……聖樹……」

「裂《さ》けてしまった方の聖樹は、おそらく結界の力も弱まっていたんだろう。こんなふうに木が光っていたのなら、その報告が騎士《きし》団に上がらないわけがない」

確かに、そうだ。リオネルも《聖なる森》に光る木があったなど聞いたことがない。そう考えると、あの裂けた木の力は限界まできていたのだろう。

不思議で美しい光景に、リオネルはしばし見惚《みと》れてしまった。本来なら、見ることも叶《かな》わなかっただろう光景をこうして見ることができたのは、すべて王の慈悲《じひ》とアルベルトの尽力《じんりょく》のおかげだ。

「あれ……結界って、それ……」

「王に、英雄であるお前には真実を伝えるべきだと進言し、許しをいただいた。もちろん、国家機密なので他言無用だが」

自分を信じてくれている。そのアルベルトの気持ちに自然と笑みが浮かぶ。

「……ありがとう、アル」

思わず零《こぼ》れたのは、昔呼んだ懐《なつ》かしい愛称《あいしょう》。アルベルトが隣《となり》に立つ気配がした。

「あの場所……昔、お前が木の実を埋《う》めた場所だろう？」

「！」

息が、止まりそうだった。

まさかアルベルトが覚えているとは思わなくて、信じられない思いで隣を見上げた。

「……あの時、お前はあの実を聖樹の実だと言っていたな」

「……覚えているのか？」

「忘れるはずがないだろ」

「……」

「あの時、お前に助けてもらった」

「……そっか」

あんな昔のことを覚えていてくれたのかと思うと、気恥《きは》ずかしいが嬉しくもある。

リオネルは俯き、もう一度小さくそっかと呟《つぶや》いた。

「……リオ」

気づけば、長い腕《うで》に抱きしめられていた。アルベルトの胸元《むなもと》に頬《ほお》が当たり、いつの間にかこんなにも自分たちの身体《からだ》には差ができたのかとぼんやりと思った。

本当なら、こちらのアルベルトとは大人になってから距離《きょり》があったのだから、驚き、突《つ》き放してもいいはずなのに、昔の思い出を彼が覚えてくれていたことで脳が混同し、温《ぬく》もりを心地《ここち》よく感じてしまっている。

「……帰らないと」

王城の門が閉まってしまう時間に間に合わない。

しかし、口ではそう言うが、リオネル自身も身体が動かない。

「……もう少し」

「……」

「リオ……すまない」

「な……に」

突然《とつぜん》の謝罪に、答える声が掠《かす》れてしまう。それがまた恥《は》ずかしくて、言葉が続かなかった。

「お前が、俺をただの幼馴染《おさななじ》みだとしか思っていないのはわかっている。……いや、幼馴染みでもなく、ただの顔見知り程度としか思われていないかもしれない。でも、俺はずっと昔からお前を特別に想《おも》っていた。《聖なる森》で、獣《けもの》から助けてくれたあの時からずっと……ずっと、お前の騎士になりたかった」

「え……」

リオネルにとって、あの時森で起こったことは魔獣の件があるまでまったく思い出すこともないものだった。アルベルトに対しても、すべてが完璧《かんぺき》な男に勝手に劣等《れっとう》感を抱《いだ》いていて、おそらくそれは態度にも出ていたはずだ。

そんな自分に対し、アルベルトが特別に想ってくれていたなんて簡単に信じられるはずがない。

「俺の騎士って、なに、それ……」

「お前は自分が思っているよりも、ずっと優《やさ》しくて強い」

「俺は、ただの下っ端《ぱ》文官で……」

「民《たみ》のために、俺たち騎士のために、いつもいろいろ考えてくれているじゃないか。目立たない仕事こそ、人は手を抜《ぬ》きがちになる。でも、お前は誰《だれ》も見ていなくても手を抜かない。知らないだろう？　騎士の中ではお前の評価は高いんだぞ。言葉は冷たいのに、仕事は完璧で気遣《きづか》いに溢《あふ》れている。貴族にも平民にも平等な態度で接してくれる」

いったい、アルベルトは誰の話をしているのか。リオネル自身はまったく意識していないことばかりで、直《す》ぐに頷くことができない。

「そのうえ、今回は魔獣の討伐《とうばつ》で名をあげた。文官なのに果敢《かかん》に魔獣に対峙《たいじ》して、討伐の切っ掛けを作ってくれた。……ますます、お前の人気は上がる。女性だけでなく、男でもお前を手に入れたいと思う者が必ず現れる。そう考えると焦《あせ》ってしまって……リオ」

抱きしめてくる手に力がこもる。

「でも、今はただ……」

アルベルトの声が濡《ぬ》れているのは気のせいだろうか。

「……お前が生きていてくれて、良かった……」

万感《ばんかん》の思いを込めたアルベルトの言葉が、じわじわとリオネルの心に、身体に染み込んでくる。

「俺も……」

（お前が生きていてくれて、本当に良かった……）

結局、門が閉まるまでには戻れない時間になってしまい、リオネルたちは近くの集落に向かった。前の世界では来たことがあるが、今の自分は初めて足を踏み入れる。

中は所々に篝火《かがりび》が焚かれていた。それに思いのほか人通りがある。

「あれ？　団長」

ちょうど通りかかった騎士が、アルベルトの顔を見て驚《おどろ》いた声を上げた。そして、隣にいるリオネルに気づくと、ますます不思議そうな顔になる。

「お二人で、どうされたんですか？」

「森に来たんだが、閉門に間に合わない時間になってな。宿はまだ空いているか？」

「あー、たぶん駄目《だめ》ですね」

どうやら《聖なる森》の見張りの騎士と兵士で、既存《きそん》の宿は埋まってしまっているらしい。

「あ、でも、俺が出て……」

「いや、任務中の人間に無理をさせるつもりはない」

騎士団団長のアルベルトが言えば、部屋を二つくらい空けるのは簡単だ。しかし、アルベルトにそれをさせるつもりはないだろう。そういう生真面目《きまじめ》で部下思いのところも、騎士たちに慕《した》われているに違《ちが》いない。

リオネルは少しだけ笑い、思いついたことを言ってみた。

「……長《おさ》に訊《たず》ねてみないか？　もしかしたら空き家があるかもしれないし」

前はそうして一夜を過ごした。

その時のことを思い出すとまだ胸が痛いが、病《や》み上がりのアルベルトの身体を思えば横になれる場所があった方がいい。

「そうですね、長の家に案内します」

騎士に案内されて行った長宅では、突然の騎士団団長の訪問にかなり驚かれてしまった。だが、あの時と同じように空き家はあって、そこを使用しても良いと許可を貰《もら》うことができた。

いや。

「……空き家か？」

家の中に入った時、そこは綺麗《きれい》に掃除《そうじ》をされていた。風呂《ふろ》も沸《わ》かすことができるらしく、寝室《しんしつ》にはベッドも置いてあるらしい。

案内してくれた長によると、騎士《きし》団の人間が宿泊《しゅくはく》することで旅商人たちも安心してこの辺りを通行するようになり、そのことで宿の需要《じゅよう》が急速に増えたらしい。その空き家は裕福《ゆうふく》な商人向けとするらしく、それなりの設備で、数日後に営業を始めると言った。

「初めてお泊《と》まりになるのが騎士団の団長様とは！　箔《はく》がつきます、ありがとうございますっ」

と、突然の宿泊をかえって喜ばれ、アルベルトと顔を見合わせて苦笑《くしょう》してしまった。近くの森で魔獣《まじゅう》が出現するという前代未聞の事件が起きたというのに、商魂逞《しょうこんたくま》しいことだ。

長宅に案内してくれた騎士が風呂の支度《したく》もしてくれて、途中《とちゅう》で会った別の騎士が、商店で買ったパンを持ってきてくれた。すべてを手配してもらい、リオネルは申し訳なくて、それでも感謝を込めて礼を言った。

「ありがとうございます、本当に助かりました」

そう、にっこりと笑《え》みを浮《う》かべれば、二人の騎士は顔を赤くして慌《あわ》てて出て行ってしまった。

「……どうしたんだろ？」

「疲《つか》れたんじゃないのか？」

いつの間にか後ろに立っていたアルベルトは、用意ができたからと居間に案内してくれる。

だが、まるでエスコートをするように回る背中の手を意識して落ち着かない。

リオネルは足を止め、身を捩《よじ》って今度は自分がアルベルトの背中を押した。

「ほら、行こう」

アルベルトは笑いながら、素直《すなお》に歩いてくれる。逞しい背中を押していると、あっという間に居間に着いた。

パンと干し肉の簡単な夕食を食べ終えると、アルベルトが少しだけだけれどと言いながら葡《ぶ》萄《どう》酒を注いでくれる。酒はほとんど飲まないリオネルだが、今夜ばかりは少しだけ口を付けた。

「先に湯を浴びていいからな」

「お前の方が先に入れよ。後片付けは俺がするから」

何もかも騎士たちに手配してもらい、食事の用意はアルベルトが進んでしてくれた。何もしていないのが申し訳なく、せめてそれくらいはとリオネルは申し出る。

しかし、アルベルトはいやと首を振《ふ》った。

「お前は病み上がりなんだから遠慮《えんりょ》するな」

「……それ、お前もだろ」

どちらかと言えば重傷なのはアルベルトの方だ。だが、このままでは首を縦に振らないだろうというのも簡単に想像できた。

それならば、方法は一つしかない。

「……それなら一緒《いっしょ》に入ろう」

「……は？」

アルベルトのこんな間抜《まぬ》けな顔は初めて見た気がした。

密《ひそ》かに笑っていた自分を、リオネルはもう後悔《こうかい》していた。

「しっかり腰《こし》にタオルを巻けよっ」

男同士だ、一緒に風呂に入るくらいなんでもない。向こうの世界では着替《きが》える時上半身裸《じょうはんしんはだか》を見られたこともあるし、あくまでも効率を考えて一緒に入るだけだ。

意識する方が可笑《おか》しいと何度も言い聞かせ、リオネルは素早く服を脱《ぬ》ぐと腰にタオルを巻き付けて風呂場に入った。

「……結構広いな」

裕福な商人向けだと言うだけあって、風呂場も想像したより広かった。しかし、男二人で入るのには少し狭《せま》い。

（とにかく、先にこいつの身体《からだ》を洗って、早く寝《ね》かさないとっ）

動揺《どうよう》する気持ちを落ち着かせるように頭の中で繰《く》り返しながら、リオネルは意を決して振り向いた。ちょうどその時、洗い場にアルベルトが入ってくる。リオネルが言ったようにきちんと腰にはタオルが巻かれていたが、逞しい上半身はそのまま目に飛び込んできた。

「うわっ」

普段《ふだん》は晒《さら》されている精悍《せいかん》な容貌《ようぼう》が注目されがちだが、騎士団の団長だけあってその身体は素晴らしく美しかった。すっと伸《の》びた首筋から広い肩幅《かたはば》、そして、実用的に鍛《きた》えている上半身の筋肉に、引き締《し》まった腰。

まるで彫像《ちょうぞう》のように完璧《かんぺき》な裸身《らしん》に一瞬《いっしゅん》息をのんだリオネルは、慌てて目を逸《そ》らして背中を向けた。

（ど、どうしよう……っ）

騎士と文官では鍛え方が違うのは当然だが、同じ歳《とし》の男としてあまりにも情けなさすぎる己《おのれ》の貧弱な身体をアルベルトに見せたくなかった。だが、ここに逃《に》げ場はない。

自分で提案したのに身動きできない状態の中、不意に肩《かた》に手が触《ふ》れた。

「！」

その途端大袈裟《とたんおおげさ》なほど肩が揺《ゆ》れ、咄嗟《とっさ》に身を引こうとした時足が縺《もつ》れた。

「リオッ」

すぐに伸びてきた手が腰に回り、その場にみっともなく倒《たお》れ込むのは防げた。しかし、不可抗力《ふかこうりょく》でアルベルトの身体と密着してしまい、その意外に高い体温に鼓動《こどう》がトクンと大きく鳴る。

「わ、悪いっ」

「大丈夫《だいじょうぶ》か？」

気遣《きづか》って言ってくれたのだろうが、自分だけが動揺しているようでとてつもなく恥《は》ずかしい。

ここはもう、開き直るしかなかった。

「だ、大丈夫、ほらっ、後ろ向けっ」

強引《ごういん》に身を捩ってアルベルトの手から逃《のが》れると、そのまま手桶《ておけ》に湯を入れてその肩に掛《か》けた。

その後すぐ、傷に沁《し》みただろうかと心配になったが、見ている限りは大丈夫そうだ。

「背中、洗うから」

濡《ぬ》れた小さなタオルを握《にぎ》り締め、広い背中を洗っていく。最初は綺麗についた筋肉に目を奪《うば》われそうになったが、所々にある古い傷に気づいてしまい、リオネルは胸が苦しくなった。

今回、幸運にも魔獣を撃退《げきたい》することができたが、それでも無傷ではいられなかった。それ以前の様々な戦いの中でも、アルベルトは身体に傷を作りながら王国民を守ってくれていたのだろう。

過酷《かこく》な騎士の苦労も知らず、ただ民《たみ》から人気があって羨《うらや》ましいと思っていた自分の幼稚《ようち》さがたまらなく恥ずかしい。

「……リオ」

「ん？」

「……そんなふうに触《さわ》られると……困るんだが」

「え？」

いつの間にか、指先で古い傷に触れていたらしい。我《われ》に返ったリオネルは反射的にアルベルトから距離《きょり》を取った。そうはいっても狭い浴室でそこまで離《はな》れることはできず、ただただ自分の迂闊《うかつ》さを呪《のろ》うしかない。

「……っ」

俯《うつむ》いた視界の中、こちらに伸びてくる手が見えた。

「リオを、洗ってもいいか？」

リオネルは息をのむ。改めて言われるととてつもなく困るが、ここで拒否《きょひ》するとまるでアルベルトを拒《こば》んだように思われるかもしれない。

「せ、背中だけで良いからっ」

そう言って背中を向けると、頭上で笑う気配がした。貧弱な身体だと思われたかもしれない。

「……ぅ」

少しして背中に触れた手は、思いがけなく優《やさ》しく肌《はだ》を滑《すべ》った。まるで壊《こわ》れ物に触れるかのように、恐々《きょうきょう》と少しも傷つけたくないとでもいうように——。

「……綺麗《きれい》な肌だな」

「そ、そうか？　生白くて、ガリガリだろ」

「滑《なめ》らかで、指に吸い付くようだ」

（不味《まず》い不味い不味い……っ）

意図していないのに、空気がとても甘やかになっている。いや、もしかしたらアルベルトにとってこれくらいの軽口は普通《ふつう》のことで、リオネルの方が重く取っているのかもしれないが……とにかく、気持ちがむずむずして落ち着かない。

「もう、終わりっ」

タオルを握る手が背中から尻《しり》へと伸びてきた気配に、リオネルは弾《はじ》けるように身体を動かし、頭から何度も湯をかぶって風呂場から出た。

濡れたタオルを腰から外せば、視線の先に緩《ゆる》く勃《た》ち上がっている己の分身が見える。

「！」

（ど……して……）

手で触れたわけでもないのに、どうしてそこが反応しているのか。初めてのことに呆然《ぼうぜん》としていたリオネルは、続いて風呂場から出てきたアルベルトに気づかなかった。

「……リオ」

「……っ、見るなっ」

タオルも巻かず、生まれたままの姿で無防備に立っていたリオネルは、驚《おどろ》いたようなアルベルトの声に反射的にしゃがみ込む。全身が熱くて、まるで頭から熱湯をかぶったみたいだ。

（見られた、アルに……こんな、俺っ、どうして……っ）

どんなに目を逸らそうとしても、嫌《いや》でも気づかないわけがない。リオネルはアルベルトの手に、肌に触れただけの男の手に、浅ましくも反応してしまったのだ。

こんなのは、絶対におかしい。反応してしまった己の身体を消してしまいたいと思うと同時に、こんな姿を見たアルベルトに忌《い》み嫌《きら》われることが怖《こわ》かった。

男同士だ。そういった嗜好《しこう》の人間がいることは知識では知っているものの、男の魅力《みりょく》に溢《あふ》れたアルベルトが同性に対してそんな気持ちになるわけがない。そもそもリオネル自身、今まで同性に欲情《よくじょう》したことなどなかった。

いや……恥ずかしながら、今まで異性に対しても、レオノーラにはほのかな好意を抱《いだ》いてはいたものの、そのうえでどうしたいかなど望んだことはなかった。自分は欲の薄《うす》い人間だ、そう、思っていた。

「風邪《かぜ》を引くぞ」

ふわりと、頭からタオルが掛けられる。そんな優しさは今はいらなかった。この場からすぐに立ち去ってくれる方が何倍も嬉《うれ》しい。

それなのに、しゃがみ込んでいた身体を強引に起こされ、そのまま膝《ひざ》をすくわれて横抱《よこだ》きにされた。

「うわっ」

「！」

アルベルトの顔がすぐそこにある。

「……んっ」

目が合った次の瞬間《しゅんかん》、視界いっぱいに端整《たんせい》な顔が近づいてきて、ふにっと柔《やわ》らかなものが唇《くちびる》に触れた。

「俺も同じだ」

何が、とは聞かなかった。尻に触れる熱くて硬《かた》いものが何であるかは、同じ男ならわからないはずがない。

「……どうして……」

「お前に欲情した。……すまない」

そこで謝罪するのがアルベルトらしかった。

第八章

横抱きにされたまま寝室《しんしつ》に運ばれ、まるで壊れ物のようにそっとベッドの上に下ろされた。

その弾《はず》みに腰《こし》のタオルが外れたが、それに気づく余裕《よゆう》がなかった。

こんなにも大切に扱《あつか》われることに慣れていないリオネルは、直《す》ぐに上半身を起こしたがそれからどうしていいのかわからない。ふと見下ろした自分の身体《からだ》が何も纏《まと》っていないことに今更《いまさら》ながら気づき、被《かぶ》っていたタオルで慌《あわ》てて腰を隠《かく》した。驚きのあまりか、勃ち上がっていたものは気づけば萎《な》えていた。

アルベルトの方はどうなのかと気になってちらりと見れば、まだちゃんと腰にタオルは巻かれている。そのことに安堵《あんど》すると、いきなりアルベルトがベッドの側《そば》の床《ゆか》に跪《ひざまず》いた。まるで傅《かしず》かれている体勢に、ますますわけのわからない焦《あせ》りが襲《おそ》ってくる。

「お前を想《おも》っていたとさっき言ったが、それはこういう感情込みだ。お前が俺を避《さ》けているのに気づいていたが、それでもお前の顔が見たいという気持ちに抗《あらが》えなかった」

アルベルトが顔を上げ、ぐっと身を乗り出してきた。ベッドに座っているリオネルの方が目線は上だが、まるで目に見えない網《あみ》で搦《から》めとられたかのように動けない。

「お前を他《ほか》の誰《だれ》かに取られるなんて、考えただけでも我慢《がまん》できない。何のために強くなって、騎士《きし》団の団長にまでなったのか……すべてお前を守れるほど強くなるためだったのに……」

「ま、待って」

さらに、整った顔が近づいてくる。少しでも動けば唇が触《ふ》れてしまいそうだ。

「お前は優しい奴《やつ》だから、お前を想う俺を拒否できない。付け込ませてもらうぞ」

「……っ」

次の瞬間、仰向《あおむ》けに倒《たお》れた身体の上にアルベルトが伸《の》し掛《か》かってきた。

「好きだ、リオ」

言葉と共に重なった唇は、直ぐに離れてもう一度重なる。

「好きなんだ、リオ」

清廉潔白《せいれんけっぱく》で堅物《かたぶつ》。女性の秋波にもまったく動じない騎士団団長。そう噂《うわさ》されているアルベルトの口説き文句は強烈《きょうれつ》な威力《いりょく》でリオネルの心を鷲摑《わしづか》みにした。

アルベルトは嘘《うそ》をつくような男ではない。それに、これだけ真摯《しんし》に告白されれば、その想いが真実かどうか疑う気持ちはなかった。しかし、自分はどうなのだろう……そう考えると、身体の熱が一気に下がる気がした。

（アルのこと……俺……）

あまりにも出来すぎな男のことを、リオネルはできるだけ視界に入れないようにしていた。

それでも、噂は勝手に耳に入ってくるし、アルベルト本人がリオネルに絡《から》んできた。

嫌でも視界に入る存在――それが、リオネルにとってのアルベルトだった。

しかし、違《ちが》う世界での経験で、リオネルの意識に変化が生まれた。

同じ騎士として、アルベルトがどれほど素晴《すば》らしいか、その努力も尊敬できたし、高い能力を素直に賞賛できた。そのうえでの、口づけだ。あの時から、リオネルの心の中に今まで知らなかった感情が生まれた。

それが、好きという感情なのかはわからない。確かめる前にリオネルは元の世界に戻《もど》ってきた。新しく生まれた感情の行く当てがないまま、今、アルベルトから告白を受けた。

「……俺は、俺……わからない」

情けないがそれが素直な気持ちだ。真摯な想いをぶつけてくれたアルベルトに申し訳なくて俯《うつむ》くと、直ぐ側で笑う気配がした。

「お前らしい」

それは、どういう意味なのか。少しムッとして眉間《みけん》に皺《しわ》を寄せると、そのまま柔らかく抱《だ》きしめられた。

「ちょ……っ」

自分はもちろん、アルベルトもタオルしか巻いていない裸身《らしん》だ。触れる肌《はだ》の熱さに我《われ》に返ったリオネルは、直《に》ぐに逃げようと身体を捻《ひね》った。だが、分厚い筋肉の、一回り以上大柄《おおがら》な男の身体はビクともしない。

「おいっ、俺、返事してないだろっ」

「今逃がしたら、お前はずっと逃げ続けるだろう？」

「そ、そんなこと……」

向き合うのが怖くて、とりあえず問題は先送りにして逃げようとしたのはばれているらしい。ずっと一緒《いっしょ》にいたわけではないのに、どうしてこれほど性格を把握《はあく》されているのかわからず、リオネルは結局言葉に詰《つ》まった。

「俺を、意識してほしい」

「ア、アル……」

「……でも、無理強《むりじ》いはしたくない。本当に嫌なら、俺を殴《なぐ》って止めてくれ」

目の前にある蜂蜜《はちみつ》色の瞳《ひとみ》は熱を孕《はらこ》み、欲を滲《にじ》ませているのが嫌でもわかった。触れている身体の熱さも一向に鎮《しず》まる気配はなく、なんなら下半身に当たる質量のあるものの正体を考えたら、ここで止められるのかとも思う。

それに、これほどの想いを向けられて、嫌と思うどころか……嬉しいとさえ……。

リオネルは唇を噛《か》み締《し》めた。拒絶《きょぜつ》するのを悩《なや》む時点で、もうこの先の行動は決まっているのも同然だ。

「……怪我《けが》をしてる奴を殴れるかよ」

「リオ」

「……俺は、まだ自分の気持ちがわからない。でも、ここでお前の手を離《はな》そうとは思わないくらいには……絆《ほだ》されてる」

恥《は》ずかしいが、精一杯《せいいっぱい》の肯定《こうてい》の言葉を告げれば、目の前の端整な顔が嬉《うれ》しそうに綻《ほころ》ぶ。それは、まるで子供のような素直な歓喜《かんき》の表情だった。


よし——と、気持ちを固めたリオネルだったが、アルベルトを見上げて眉《まゆ》を顰《ひそ》めた。

「俺が押し倒してもいいんじゃないか？」

体格や力の差はあるが、同じ男だ。リオネルがアルベルトを押し倒してもいいのではないか。

そう思いながら身動《みじろ》ぎしたが、アルベルトは薄《うす》い唇を僅《わず》かに上げた。

「できるのか？」

「……当たり前だろっ」

男爵《だんしやく》家の四男とはいえ、貴族の子息として閨《ねや》教育は成人前に受けた。ただし、貴族相手の指南役を雇うほど裕福《ゆうふく》ではないことと、リオネル自身が性欲《せいよく》に淡白《たんぱく》でもあったので、実地の経験はしないままではいる。

（……こいつは……）

アルベルトも当然、閨教育は受けているはずだ。しかも侯爵家《こうしゃく》の人間なので、実地でも経験しているに違いない。この手で女性を抱《だ》いたのかと思うと、急に不快な思いが込み上げてきた。

「男相手は？」

「……へ？」

グルグルと、アルベルトと顔もわからない女性のあれこれを想像してしまったリオネルは、唐突《とうとつ》な質問に間抜《まぬ》けな声を出してしまった。

「そんなの……え……と」

女性に対しても淡白だったのに、男相手なんて考えてもみなかった。今だって、アルベルト以外が相手なら即座《そくざ》に拒否《きょひ》したはずだ。

（男相手？……確かに、女性とは身体の作りは違うけど……え？　方法があるのか？）

読書好きだったが、その方面の書物は読んだことがなかった。まさか実地でと驚《おどろ》いてアルベルトを見れば、少し目元を染めている。それが妙《みょう》に艶《つや》っぽく、リオネルは自分も赤くなっているのがわかった。

「カジミールに教えてもらった」

「え……ま、まさかお前、あの人と……」

「方法を教えてもらっただけだ。俺が欲情《よくじょう》するのはお前だけだから」

「そ……か」

（俺に欲情……してるのか）

男として完璧《かんぺき》で、どんな女性でも望みのまま手に入る男が、自分にだけ欲情しているというのは不思議な特別感がある。思わず照れて笑ってしまうと、アルベルトの手が頬《ほお》を包んだ。

「そんな顔して笑うな」

え……という言葉は、降ってきた唇《くちびる》に飲み込まれた。触れるだけの口づけが、唇に、そして頬に、瞼《まぶた》にと、まるで熱を移すように続けられる。

くすぐったくて首を竦《すく》めると、頬に触れていた手は首筋を撫《な》でるように下り、胸元《むなもと》で止まってそろりと撫でてきた。

「……んっ」

女性のような乳房《ちぶさ》はないのに、そこに触れられると自然に声が漏《も》れてしまった。くすぐったさだけでなく、違和感《いわかん》があるというか……感覚が鋭敏《えいびん》になっている感じだ。

「ふ……ぁっ」

剣《けん》ダコのある、皮の厚い大きな手。無骨にも見えるのに、リオネルを絶対に傷つけることのない優《やさ》しい手は、眠《ねむ》っている感覚を引き出すかのように繊細《せんさい》に、そして淫《みだ》らに動いている。

顔中に降る口づけはその間も止まることがなくて、リオネルは次第《しだい》に身体《からだ》から力が抜《ぬ》けていった。

「リオ、リオ」

口づけの合間に囁《ささや》かれる名前。愛《いと》しさを滲ませたその響《ひび》きに、胸が苦しくなっていく。

これほど想《おも》われていることに、どうして今まで気づかなかったのだろう。リオネルが小さな矜持《きょうじ》のために避《さ》けている間、アルベルトはどんな気持ちで想いを抱き続けてくれたのだろうか。

「ア……ル」

小さな声で名前を呼ぶと、一瞬《いっしゅん》口づけは止まったが、次に下りてきたそれはとても深く、濃《のう》厚《こう》なものになった。

(な、なに)

無遠慮《ぶえんりょ》に入り込んできた舌が口腔《こうこう》を嬲《なぶ》り、唾液《だえき》を注いでくる。初めての経験にすぐに飲み込むことはできなくて口中に溜《た》まってしまい、息苦しくなってようやく飲み込むと、何だか身体が熱くなってきた。

「んぁっ」

タオル越《ご》しに下肢《かし》に触《ふ》れられた瞬間《しゅんかん》、身体が大きく跳《は》ねてしまった。形をなぞるように擦《こす》り上げられると、そのまま背筋にゾクゾクとした感覚が襲《おそ》ってくる。そこの大きさなど今まで気にもしていなかったが、大きな手にすっぽりと包まれると、まるで自分が小さな子供になってしまったように思えた。

（こ、このままじゃ……っ）

このままでは、アルベルトに主導権を握《にぎ》られたままだ。身体を重ねることに合意したのだ、自分もアルベルトを感じさせなければと焦《あせ》った。

次々に襲ってくる熱に耐《た》えながら、リオネルはタオルの隙間《すきま》から男の下肢に手を伸《の》ばした。

「……っつ」

頭上で息をのむ気配がする。

「リ、オ、いいから……っ」

「俺も、できるっ」

自分と同じ身体なのだ、どこを刺激《しげき》すれば感じるかは十分わかっている。それが、自分よりはるかに太く、硬《かた》く、そそり立つものでも、だ。

（変、な、感じっ）

機械的に熱を処理するのではなく、感じさせるように手を動かすのは案外難しい。それに、同じものとは思えないアルベルトの陰茎《いんけい》は、触れているだけでも少し、怖《こわ》かった。

だが、不思議なことに嫌《いや》だとは思わなかった。

「あっ、んっ、んぁっ」

「……ふっ」

まるで競うように互《たが》いに手を動かし、相手を感じさせようとする。リオネルも恥ずかしさを押し殺してアルベルトの陰茎を愛撫《あいぶ》していたが、次第に手を動かすのもままならなくなった。それは、アルベルトが陰茎だけでなく、リオネルの乳首も舌で嬲り始めたからだ。

「は……っ、や……だ、そ、れっ」

ささやかな飾《かざ》りのはずだったそれは、アルベルトの舌で見る間に芯《しん》を持っていく。男なのに気持ちが良くなるなんておかしいはずなのに、いつの間にか自ら胸を突《つ》き出しているなんて……信じられない。

(こ、こんなのっ、俺じゃない……っ)

自分の身体が自分のものではないみたいだ。

怖くて、どうしてか悔《くや》しくて、強く閉じた瞼の端《はし》から涙《なみだ》が滲《にじ》んで溢《あふ》れてくる。一筋頬に流れたそれを拭《ぬぐ》ったのは、アルベルトの唇だった。

「……泣くほど嫌か？」

どうやら、その涙を拒絶《きょぜつ》だと思ったらしい。呻《うめ》くような声の後、触れる熱が遠ざかろうとした。咄嗟《とっさ》に伸ばした手で逞《たくま》しい腕《うで》を摑《つか》んだリオネルは、見当違《けんとうちが》いの思いを抱いた男を涙で潤《うる》んだ瞳《ひとみ》で睨《にら》みつける。

「嫌なら、初めから、こんなこと許さない」

「リオ……」

「身体が……俺のものじゃない、みたいなんだ……アル、俺、変じゃない、か？　お前に、されて……こんなに喜んで……」

男の身体は案外わかりやすい。欲望《よくぼう》を示す陰茎からとめどなく蜜《みつ》が溢れている時点で、嫌だと言えるはずがなかった。

アルベルトの想いに応《こた》えていないくせに、身体だけ素直《すなお》に快感を拾っていることが浅ましく、申し訳ない——いや、今好きだなんて言ってしまったら、身体から篭絡《ろうらく》されたと思われそうで嫌なのだ。

自己嫌悪《けんお》に陥《おちい》りそうになっているリオネルの下唇《したくちびる》を優しく食《は》み、アルベルトは少し強引《ごういん》に陰茎を握る指に力を入れてきた。

「んあっ」

「変じゃない。俺の手で善がるお前はとても綺麗《きれい》で可愛《かわい》い。リオ、全部俺のせいにしろ。俺がお前の優しさに付け込んで、お前のすべてを手に入れようとしているんだ。心は……後でじっくり俺のものにする」

ついさっき気弱なふりを見せたくせに、もう自信たっぷりに宣言する姿に思わず笑ってしまう。すると、不思議なことに身体から力が抜けた。それまで葛藤《かっとう》していた様々な思いまで、小さくなって消えてしまったようだ。

「リオ？」

リオの変化をアルベルトも感じ取ったのだろう、安堵《あんど》の表情から一転、いきなり深く口づけられた。それまではリオネルの反応を窺《うかが》うように慎重《しんちょう》に動いていた手が、まるで許しを得たかのように淫らに動き始める。

いつの間にか腰《こし》を覆《おお》っていたタオルは外され、生まれたままの姿になった身体は隅々《すみずみ》までアルベルトの舌が這《は》った。どこに触れられても感じてしまい、もう恥《は》ずかしいなどと言っている場合ではなかった。

アルベルトも、その見事な裸身《らしん》を曝《さら》け出している。同じ男として羨《うらや》ましいほどの身体にまたも見惚《みと》れたが、ふと視線を落としてリオネルは硬直した。初めてアルベルトの下肢を目にし、その端整《たんせい》な容貌《ようぼう》と相反する凶悪なまでの存在感に息をのんだ。

その太さも、長さも、自分とは比べるまでもないほど立派で、とても同じ器官とは思えない。支えがいらないほど勃《た》ち上がった先端からは、すでに先走りの液が滲み出ている。その光景は淫猥《いんわい》で、喉《のど》がこくんと鳴って目が泳いだ。

そんなリオネルの動揺《どうよう》に気づいたのか、見下ろしてくるアルベルトの口が笑《え》みを描《えが》く。蜂蜜《はちみつ》色の目は情欲に濡《ぬ》れ、壮絶な艶っぽさに眩暈《めまい》がしそうになるが、リオネルへの隠しきれない、あからさまな欲情の証《あかし》を前に、未知の行為への恐ろしさ以上に嬉しさが胸の中に溢れてくるのが不思議だった。

「あっ、あんっ」

自分のものとは思えない甘い声が口から洩《も》れる。今度は過ぎる快感に涙が滲み、リオネルははくはくと喘《あえ》ぐだけだ。

やがて、両足の間に身体を割り込ませたアルベルトに促《うなが》され、足を折り曲げる格好になった。下肢が丸見えで、猛烈《もうれつ》な羞恥《しゅうち》に忘れかけた反抗心《はんこう》が頭をもたげた。

「こ、これ、や……っ」

「でも、解《ほぐ》さないとリオを傷つける」

「き……ず？」

どういうことだと考える前に、足の間に伸びた手が尻《しり》の狭間《はざま》を撫でた。冷たく、ぬるついた感触《かんしょく》に、ぴくりと身体が震《ふる》える。

「香油《こうゆ》だ。さっき商店で購入《こうにゅう》した」

「こ、ゆ？」

そんなものを、そんなところに塗《ぬ》ってどうするというのか。いや、そもそも、自分でもあまり触れることがないそこを、アルベルトの指が我が物顔に弄《いじ》るのが恥ずかしくてたまらない。

「ゆっくり息をして……リオ、力を抜《ぬ》いてくれ」

「だ、って」

「男同士はここで繋《つな》がるんだ。リオのここ、よく解さないと俺のが入らない」

「……え……」

（ここって……そこ、に？　アルを……？）

頭の中を、今のアルベルトの言葉が駆《か》け巡《めぐ》っている。

同じ身体《からだ》の男同士は、触れて、嬲って、快感を高めて吐《は》き出して終わり……だと思っていた。女性のように受け入れる身体ではないし、それでも十分淫《みだ》らで気持ちが良い行為《こうい》だと思った。

それが、これ以上の行為があるという。繋がれるということに驚《おどろ》いたが、それがどの部分かを知って、それこそ声が出ないほどの衝撃《しょうげき》を受けた。

店で香油まで買って、アルベルトはリオネルと結ばれたいと思っているのか。そんな場所を使ってまで、繋がりたいと――。

「リオ、リオ、お前が全部ほしい。俺を全部やるから、お前の全部を俺にくれ」

懇願《こんがん》しているくせに、熱っぽい眼差《まなざ》しはすでにリオネルを犯《おか》しているも同然で、強引な指はもう尻の奥に割り込もうとくちゅくちゅと動いている。

嫌だと言えば、たぶん……止《や》めてくれる。だが、何をするのか知った今、もしも次に誘《さそ》われてしまったら、羞恥と未知への恐怖《きょうふ》で拒絶してしまうかもしれない。

『今逃《に》がしたら、お前はずっと逃げ続けるだろう？』

（本当に……俺のこと、よく知ってる……）

アルベルトが強引にでも急ぐ理由がわかり、何だかおかしくなった。

その拍子《ひょうし》に身体から力が抜けたのか、虎視《こし》眈々《たんたん》と侵入《しんにゅう》を狙《ねら》っていた指先が尻の蕾《つぼみ》に分け入ってくる。

「く……そっ」

「リオ、痛いか？」

痛いに決まっている。それでも、嫌だと言わないくらいにはアルベルトのことを想《おも》っているのだと察してほしい。

「あ……とで」

「ん？　なんだ？」

「後、で、一発……なぐ、るっ」

息も絶え絶えに言えば、目の前の綺麗な顔が綻《ほころ》んだ。

「いくらでも、殴《なぐ》ってくれ」

もういいからと何度言っても、アルベルトは執拗《しつよう》に尻の蕾を指で解した。最初は爪《つめ》の先でさえ息が詰《つ》まるほどの衝撃だったのに、今では三本が狭《せま》い内壁《ないへき》を丹念《たんねん》に解すように動いている。

もう蕾だけでなく、陰茎《いんけい》も、そしてその下の双玉《そうぎょく》さえ香油でぐしょぐしょになり、感覚があいまいになってしまったころ、ようやくそこから指が引き抜かれた。

ずっと感じていた圧迫感《あっぱくかん》がなくなり、物欲しげに中が蠢《うごめ》くのがわかる。

「ア……ル……」

もっとと、信じられない言葉が出てきそうな時、そこに熱く濡《ぬ》れたものが押し当てられた。

「リオ、愛してる」

近づいてきた顔に目を閉じると唇《くちびる》が重なり、分け入ってきた舌に自然と自分からも舌を絡《から》ませる。

「ん……！」

まるでその時を狙っていたかのように、熱塊《ねっかい》が身体の中に押し入ってきた。上げた悲鳴はアルベルトの口の中に消え、痛みと衝撃で涙が一気に溢れてくる。

「んぅっ、んっ、んーっ」

文句を言いたいのに、口づけは解かれない。目の奥に焼き付いている淫猥《いんわい》な形をしたあれが、あれほど解したはずのそこを軋《きし》ませるように入ってきているなんて、本当に信じられない。

(あんな大きさのが、入るのか……っ)

少しずつ、少しずつ、リオネルの反応を窺いながら腰を進めるアルベルトの動きは、初めは痛みしか感じなかったが、徐々《じょじょ》にもどかしさへと変わってきた。もういっそ、一気に押し込めばいいのにとさえ思う。

痛みと、それ以上の強烈《きょうれつ》な圧迫感で、息をするのも苦しい。

すると、ぽたぽたと、何かが首筋を濡らした。目を凝《こ》らせば、端整《たんせい》なアルベルトの顔に滲《にじ》ん

だ汗《あせ》が頰《ほお》を伝い、リオネルの身体に落ちていた。顰《ひそ》めた眉《まゆ》に、アルベルトも痛みを感じているのだとわかる。だがその熱に冒《おか》されたような表情は壮絶《そうぜつ》に艶《つや》っぽく、リオネルは自分までその熱に冒されているように感じた。

「ふぐぅっ」

やがて、どのくらい経《た》ったか――。

身体の最奥《さいおう》を突《つ》かれ、ようやく解放された口から息が溢《あふ》れた。

「大丈夫《だいじょうぶ》か？」

気づかわし気な眼差しに、つい文句が出てしまう。

「でかい、んだよっ」

すると、なぜか嬉《うれ》し気な笑《え》みを向けられた。その拍子に、身体の中の陰茎がぴくんと反応するようにさらに大きさを増す。

「もう少し、頑張《がんば》ってくれ」

「……ば、かぁっ」

もう少しってどのくらいだ。もう身体は疲《つか》れ切っているのに、ゆっくりと抽送《ちゅうそう》を開始するアルベルトの動きに翻弄《ほんろう》されていく。

後どのくらい貪《むさぼ》られるのか……リオネルは逞《たくま》しい肩《かた》にしがみつきながら、置いて行かれまいと必死についていくしかなかった。

幕間　アルベルト・エディントン

生まれた瞬間《しゅんかん》から、すべてに恵《めぐ》まれた子供だった。

人よりも秀《ひい》でた容姿と、剣《けん》の才能。家柄《いえがら》も良く、誰《だれ》もがアルベルトを誉《ほ》め称《たた》え、好意を寄せていた。それを嬉しいと思うこともなく、煩《わずら》わしささえ覚えていたころ、リオネル・オルコットと出会った。

親同士が親しい間柄《あいだがら》とはいえ、リオネルは男爵《だんしゃく》家の子だ。普通《ふつう》ならばアルベルトと口を利《き》くことさえ叶《かな》わない立場なのに、本人はまったく嬉しそうではなかった。

線の細い、可愛《かわい》らしい顔の眉間《みけん》に皺《しわ》を寄せ、アルベルトが話しかけても嫌《いや》そうな顔をする。

そんな人間は他《ほか》にはいなくて、ついその存在を目で追うようになっていた。

そして、《聖なる森》で獣《けもの》に襲《おそ》われた時。

剣術《けんじゅつ》で誰にも負けない強さを誇《ほこ》っていたのに、剣が無ければ獣と対峙《たいじ》することも危《あや》うかった。

あの恐《おそ》ろしい獣を追い払《はら》ったのは華奢《きゃしゃ》な身体のリオネルで、彼は知識を用いて冷静に行動していた。

彼がいなかったら、おそらく自分は大怪我《おおけが》をしていただろう。

その時から、アルベルトは己《おのれ》の驕《おご》りを恥《は》ずかしいと思い、真摯《しんし》に鍛錬《たんれん》をした。身体を鍛《きた》え、剣術を磨《みが》き、再び同じようなことがあっても、今度こそ自分がリオネルを助けるのだと思った。

しかし、アルベルトの意識を変えてくれたリオネルは、なぜか自分を避《さ》けるようになった。

学校生活も騎士《きし》科と文官科で会うことも滅多《めった》になくなったが、たまにすれ違《ちが》う彼は相変わらず細く華奢で、そして……愛らしいままだった。

成人し、一緒《いっしょ》に出仕してからも、騎士と文官では生活習慣がまったく違う。

アルベルトはリオネルに恥ずかしくない騎士を目指し、鍛錬に勤《いそ》しんで職務を全うして……いつの間にか騎士団の団長にまで上り詰めた。

だが、団長という職は想像以上に激務で、アルベルトは新しい側近と共に団を掌握《しょうあく》し、さらに自身をも鍛え直さなければならなかった。

そんな時、騎士たちの間の噂《うわさ》を耳にした。

『灰色兎《うさぎ》』……それは滅多に会うことがなく、会ったとしても直《す》ぐに逃げ出してしまう文官のことだった。それがリオネルだということに直ぐに気がついた。

人と関《かか》わることが苦手な、華奢で可愛らしい文官なんてリオネルしかいない。

最初は面白《おもしろ》おかしく噂されていたようだが、直ぐにその有能さに気づく者が現れた。目立たないながらもきちんと良い仕事をしている彼を、好意的に思う者が増えていった。

そのせいか、少し……焦《あせ》ったのかもしれない。

リオネルの良さを誰よりも知っているのは自分だと、魔獣《まじゅう》の調査に同行する文官にリオネルを指名した。

今や伝説上でしか語られない魔獣。本当に存在していたのかさえわからないそれが、《聖なる森》に現れたと聞いた時、アルベルト自身その真偽《しんぎ》を疑っていた。おそらく、獣の変異種を見間違《みまちが》えたのではないかとさえ思っていた。

そこにまさか、本当に魔獣が現れるとは。

リオネルだけは助けようと、自らの身体《からだ》を盾《たて》にした。騎士団長としては間違った判断だろうが、アルベルトにとってリオネル以上に大切なものなど存在しなかった。

薄《うす》れゆく意識の中、魔獣に致命傷《ちめいしょう》を与《あた》えることができなかったことを後悔《こうかい》し、ただただリオネルの無事を祈《いの》った時だ。

【次代に繋《つな》いでくれた礼に、そなたの願いを叶えよう】

脳に直接響《ひび》いた声。男でも女でもない、無機質なそれは、何の感情もなく問いかけてくる。

【そなたの願いは】

幻聴《げんちょう》かもしれないそれに縋《すが》るように祈ろうとしたが、アルベルトの意識はそこで途切《とぎ》れてしまった。

長い夢を見た。

そこではリオネルは同じ騎士として仕官していた。己ではないアルベルトは騎士団長に任命されると、リオネルを副団長に指名し、ずっと共にいた。

朝練、乗馬、見回り。リオネルの細い身体は騎士としては負の要素だったが、持ち前の負けん気で着実に自身の足場を固めていった。

生き生きとしているリオネルを見ているのは楽しかった。だが、そんなリオネルの側《そば》にいるのが己ではない……いや、目の前にいるのは確かにアルベルトだったが、まるで違う男にしか見えなかった。

そして、もう一人の自分が、リオネルに想《おも》いを寄せていることに気づいてしまった。

二人の口づけを見た時、胸が引き裂《さ》かれるほど苦しかった。どす黒い嫉妬《しっと》に心を支配され、アルベルトは何もできずにただ見ているしかない己を呪《のろ》った。

リオネルともう一人の自分がどんどん距離《きょり》を近づけていく。もう、何も見たくないと思った時、夢の中でも魔獣が現れた。

文官の時とは違い、自ら剣を持ち立ち向かって行くリオネル。その身体が鮮血《せんけつ》に染まった瞬間、アルベルトは夢の中で絶叫《ぜっきょう》した。夢の中でもリオネルを失うなど考えられなかった。

【次代に繋いでくれた礼に、そなたの願いを叶えよう】

「！」

再び響く謎《なぞ》の声。

それは、アルベルトにとって神の声に聞こえた。

【そなたの願いは】

願いなど、一つしかない。アルベルトは反射的に叫《さけ》ぶ。


リオネルを俺に返してくれ！


「リオッ？」

「アルッ。援護《えんご》を！」

気づけば、魔獣が目の前にいた。リオネルが足止めをし、アルベルトが倒《たお》すことができた。

討伐《とうばつ》で昂《たかぶ》る感情が治まった時、アルベルトは己が生きていることに気づいた。あの時確かに命の炎《ほのお》は消えたはずなのに、信じられないが今、自分は生きている。

そして、目の前にはリオネルがいる。

生きている——そう確信した時、アルベルトは心の底から神に、いや、あの不思議な声に感謝した。

温かいタオルを持って寝室《しんしつ》に戻《もど》った時、リオネルはまだ深い眠《ねむ》りの中にいた。アルベルトがベッドに腰《こし》かけても気づくことなく、あどけない寝顔《ねがお》を見せてくれていた。

「……リオ」

シーツから覗《のぞ》く白い肌《はだ》には、所々鬱血《うっけつ》の痕《あと》が残っている。アルベルトの醜《みにく》い執着《しゅうちゃく》の証《あかし》に、自然と唇《くちびる》が緩《ゆる》んだ。

(ようやく、手に入れた……)

生まれ変わったと自覚した後、アルベルトはリオネルを手に入れることを躊躇《ためら》わなくなった。それまではリオネルの気持ちが育つように、ゆっくりと距離を詰《つ》めていくつもりだったが、死んでしまったらお終《しま》いだと自覚したからだ。

リオネルは本来とても優《やさ》しい性質で、縋りつく相手を無下に突《つ》き放しはしない。付け込むのは案外簡単だった。

「……」

口づけのしすぎで、赤く腫《は》れぼったくなった唇にそっと触《ふ》れる。

(もう、絶対に他の男に触れさせない)

いくら自分の顔をしているとはいえ、あれは自分ではない。もう二度と、リオネルと他の男との口づけを黙《だま》って見ているつもりはなかった。

「……ん……」

その時、リオネルが僅《わず》かに身動《みじろ》いだ。

「リオ？」

「……ア、ル？」

少しだけ舌足らずな声で名前を呼ばれ、アルベルトは思わず頬《ほお》に口づける。成人の男にしてはまろやかなそれは、たちまち赤く染まっていった。

「……」

どうやら、目覚めたらしい。シーツに顔を押し付け、何事か唸《うな》っている様子は見ていて微笑《ほほえ》ましいが、アルベルトはその身体が心配だった。

「痛むところはないか？」

「……」

「リオ、傷薬もあるから……」

「大丈夫《だいじょうぶ》だっ」

自分を受け入れてくれた可憐《かれん》な場所。先ほどじっくりと検分したが、赤く腫れている以外傷はなかった。商店で買った香油《こうゆ》だが、どうやらリオネルの身体に合ったようだ。また同じものを用意しなければと決意する。

一向にこちらを向いてくれないリオネルに焦《じ》れ、強引《ごういん》にその隣《となり》に身体を横たえた。まだ裸《はだか》のままの身体が緊張《きんちょう》に強張《こわば》ったのがわかったが、気づかないふりをして後ろから抱《だ》き込んだ。腕《うで》の中にすっぽりと入る華奢《きゃしゃ》な身体は、まるでアルベルトに誂《あつら》えたかのようだ。

「まだ夜明けには早い。もう少し寝《ね》よう」

「……ああ」

「リオ」

見下ろす先のつむじに軽く口づける。

さらりとした髪《かみ》の隙間《すきま》から覗く小さな耳たぶや、小さな肩《かた》まで赤く染まっているのが艶《なま》めかしいが、きっと本人に自覚はないだろう。

「好きだ、リオ」

「……わかってる」

「好きだ」

「……何度も言うな、馬鹿《ばか》」

文句を言うくせに、胸に回した手に触れるそれはとても優しい。

アルベルトは目の前の首筋に顔を埋《うず》める。甘やかな匂《にお》いを胸いっぱいに吸いながら、一番大切なものがこの手から零《こぼ》れなかったことを深く、深く——感謝した。

終章

「……」

リオネルは目の前にいる男を黙ったまま見据《みす》える。自分では精一杯《せいいっぱい》睨《にら》んでいるつもりだが、男は嬉《うれ》し気に目を撓《たわ》めているだけだ。

「仕事中です」

「昼休憩《きゅうけい》だろう？」

リオネル本人よりも予定を完璧《かんぺき》に覚えている相手に、口の中で小さく舌打ちをする。

「……しかたないな、付き合ってやる」

「ありがとう」

下っ端《ぱ》文官のリオネルの後ろに続くのは、騎士《きし》団団長のアルベルト。すれ違《ちが》う者たちは驚《おどろ》いたり怪訝《けげん》そうな目を向けてきたりするが、ここ数日でもう慣れてしまった。

（こんな奴《やつ》だったっけ）

《聖なる森》近くの集落で一夜を過ごした後、アルベルトはまるで人が変わったかのように、いや、むしろ何か吹《ふ》っ切れたようにリオネルに構い始めた。

想いを交《か》わす前に、身体《からだ》から始まった関係。これからきちんと向き合うつもりだが、アルベルトはリオネルの気持ちのさらに上をいってしまう。

「お前さ」

「ん？」

話しかけると、少し身を屈《かが》めて顔を寄せてきた。友人よりも近い距離《きょり》に、顔が熱くなる。

自分だけが動揺《どうよう》しているのが悔《くや》しくてムッと口を引き結べば、伸《の》びてきた手に肩を掴《つか》まれ、そのまま抱《だ》きしめられた。

「離《はな》れると寂《さび》しいだろう」

「ば……っ」

馬鹿じゃないかと言いたいのに、心のどこかでそんなアルベルトを可愛《かわい》いと思ってしまう自分がいる。

国で一番強いと言われる騎士団長。容姿端麗《ようしたんれい》で、国中の女性の憧《あこが》れの的だと言われている男。そんな相手を可愛いなんて思っているのは、たぶん自分だけではないだろうか。

（……俺も変わったのかも）

あれからまだ身体を重ねていないが、時折触れる手に、囁《ささや》かれる声に、ドキドキしっぱなしだ。

たぶん、もう気持ちは決まっている。それを、アルベルトに伝えるのが悔しいのだ。すべてアルベルトの意図している方向に行っているようで、少しくらい抗《あらが》いたくなってしまう。

そんなリオネルの思いを知ってか知らずか、アルベルトが誘《さそ》ってきた。そして、少し声を潜《ひそ》めて耳元で囁く。

「今度の休み、一緒《いっしょ》にいよう」

「このままじゃ、お前の肌を忘れそうだ」

「！」

次の瞬間《しゅんかん》慌《あわ》てて距離を置き、真っ赤な顔でアルベルトを睨《にら》んだ。

「……駄目《だめ》か？」

だから。それが狡《ずる》いと言うのだ。

「こ、今度は、俺が上だからなっ」

言い返した言葉は情けないものだったが、今度こそ自分が主導権を握《にぎ》るんだという決意を込めて宣言する。てっきり慌てるかと思ったのに、アルベルトは嬉《うれ》しそうに笑った。

「凄《すご》く楽しみだ」

「い、いいのか？」

「もちろん」

どうやら、アルベルトは抱かれる覚悟《かくご》もしているようだ。それはそれでどうしようかと頭の中が混乱したリオネルは、男の小さな声に気づかない。

「リオが俺の上で啼《な》いてくれるなんて……夢みたいだ」

「え？」

「なんでもない。ほら、行こう」

すっかり定位置になった自分の右隣《みぎどなり》を歩くアルベルトをちらりと見上げ、リオネルは深い息をつく。

「甘やかさないからな」

そう言いながら、自分よりも大きな手を強引に握り締《し》める。躊躇《ためら》いなく握り返してくれるそれに、思わず緩《ゆる》む頬を誤魔化《ごまか》すのに必死になりながら、リオネルはさらに手に力を込めた。

end

あとがき

こんにちは、ｃｈｉ－ｃｏです。今回は『やり直しの世界で騎士《きし》団長と恋《こい》を知る』を手にとっていただいてありがとうございます。

異世界転生、異世界転移。ファンタジーではあるあるですが、今回の話はどちらかといえばパラレルワールドになるでしょうか。

同じような世界観なのに、どこか違《ちが》う自分や周囲の人々。最初は戸惑《とまど》っても、次第《しだい》に頭の中に湧《わ》く思い。

もしも、あの時、別の行動をしていたとしたら。

もしも、違う人と出会っていたら。

私自身、そんなふうに考えることもありますが、実際に過去に戻《もど》ることはできません。そんな羨望《せんぼう》も込めて、今回はリオネルに頑張《がんば》ってもらいました。

主人公であるリオネルはネガティブな思考の持ち主ですが、違う世界で、違う立場の自分になった時、これまでの自分を変えようと一歩踏《ふ》み出します。自分を変えるというのはなかなか難しいことだと思いますが、少しずつ頑張る彼は基本真面目《まじめ》なんです。

そんなリオネルをずっと見守ってきた、幼馴染《おさななじ》みのアルベルト。幼いころの刷り込み効果かもしれませんが、彼は一途《いちず》にリオネルを想《おも》っています。もしかしたら、リオネルオタかもしれないほど、リオネルの小さな努力を見逃《みのが》さずに見ています（笑）。それを、リオネル本人はなかなか気づきませんが。

恋愛《れんあい》重視というより、少々仕事の方に重きがありますが、それもまた、この二人らしいのではないでしょうか。

書いている途中《とちゅう》、入れ替《か》わったもう一方のリオネルはどうしているんだろうと頭を過《よぎ》りました。この本の主人公は文官だった彼ですが、視点を変えれば騎士だったリオネルが主人公でもあります。

今回はそちらのリオネルの話は出てきませんが、読んでいただいた皆《みな》さんの頭の中で、様々に想像していただいたらなと思います。

そしてできれば、騎士のリオネルも新たな一歩を踏み出し、良い方向に進んでくれていたらと願います。

イラストは睦月《むつき》ムンク先生です。今回初めてご一緒《いっしょ》させていただきましたが、いやもう、すごく綺麗《きれい》です。少し不思議な雰囲気《ふんいき》が今回の話と凄《すご》く合っていて、初めて表紙を見た時も思わずぽうっと見惚《みと》れてしまいました。

新しい出会いに感謝です。本当に美麗なイラスト、ありがとうございました。

今回のタイトル、「恋を知る」には特別な思いがあります。リオネルもアルベルトも、本当の恋を今から知っていくんだろうなと、二人を表すにはこの言葉が一番似合うのではないかと思いました。

担当様の的確なアドバイスもあり、納得できるタイトルになったのは本当に良かったです。

どうか皆さんもこの本を知って、じんわりと幸せな気持ちになってもらえたら嬉《うれ》しいです。

サイト名『your songs』
http://chi-co.sakura.ne.jp

KADOKAWA
RUBY BUNKO

やり直《なお》しの世界《せかい》で騎士団長《きしだんちよう》と恋《こい》を知《し》る

chi-co《ちーこ》

角川ルビー文庫　24017

2024年2月1日　初版発行

発行者——山下直久
発　行——株式会社KADOKAWA
〒102-8177　東京都千代田区富士見2-13-3
電話 0570-002-301(ナビダイヤル)
印刷所——株式会社暁印刷
製本所——本間製本株式会社
装幀者——鈴木洋介

●お問い合わせ
https://www.kadokawa.co.jp/ (「お問い合わせ」へお進みください)
※内容によっては、お答えできない場合があります。
※サポートは日本国内のみとさせていただきます。
※Japanese text only

ISBN978-4-04-114497-8　C0193　定価はカバーに表示してあります。

◇◇◇

KADOKAWA RUBY BUNKO

角川ルビー文庫

いつも「ルビー文庫」を
ご愛読いただきありがとうございます。
今回の作品はいかがでしたか？
ぜひ、ご感想をお寄せください。

〈ファンレターのあて先〉

〒102-8177 東京都千代田区富士見 2-13-3
株式会社KADOKAWA
ルビー文庫編集部気付
「chi-co先生」係